D1725849

Frierende

von
Charlotte Tetzner

mit Zeichnungen und Holzschnitten
von Heinz Tetzner

Essays von Hans Hesse und Elke Purpus

herausgegeben
von Hans Hesse

„Eines Nachts, plötzlich, [...]
war Schnee in meinem Schlaf gefallen.“

Jorge Semprun, Schreiben oder Leben

Inhalt

1. Auflage, Oktober 2004
Satz und Gestaltung: Klartext Medienwerkstatt GmbH, Essen
Druck und Bindung: AALEXX Druck GmbH, Großburgwedel
© Klartext Verlag, Essen 2004
ISBN 3-89861-345-3

Vorwort

„Eines Nachts, plötzlich, nach einer langen Woche derartiger Berichte, war Schnee in meinem Schlaf gefallen.
Der Schnee von einst: ein tiefer Schnee im Buchenwald des Lagers, glitzernd im Licht der Scheinwerfer. [...] Ich hatte den Plan zu schreiben aufgegeben, Lorène hatte, ohne es zu wissen, mir geholfen, im Leben zu bleiben.
Seit fünfzehn Jahren war nie mehr Schnee in meinem Schlaf gefallen. Ich hatte ihn vergessen, verdrängt, zensiert. Ich beherrschte meine Träume, ich hatte den Schnee und den Rauch über dem Ettersberg vertrieben.“[1]

Mit diesen Worten beschreibt Jorge Semprun, der Widerstandskämpfer und KZ-Buchenwaldhäftling, den Augenblick, der ihn, über 15 Jahre nach seiner Befreiung aus dem KZ Buchenwald, zum Schreiben befähigte. Zum Schreiben über Buchenwald. Über das KZ. Über den Rauch über dem Ettersberg. Nachdem mehrmalige Versuche vorher gescheitert waren. Aber dieses Scheitern hielt ihn „im Leben“.

Charlotte Tetzner benötigte über 50 Jahre, bevor sie sich entschließen konnte, ihre Erinnerungen aufzuschreiben. Vier Jahre Er- und Überleben in den nationalsozialistischen Konzentrationslagern und vierzig Jahre DDR-Verfolgung galt es darzustellen. Sie verfasste diesen Erinnerungsbericht über 80jährig. In einem Gespräch berichtete sie mir, dass sie gespürt habe, wie die Erinnerungen langsam verblassten, wie sie immer mehr von dem Erlebten zu vergessen drohte. Dieses Buch ist somit auch ein Rettungsversuch.

Der Text zeichnet sich durch eine konzentrierte Dichte aus. Der Leser wird durch einige wenige Sätze unmittelbar in das Geschehen hinein versetzt. Ohne ‚schmückendes Beiwerk‘ zeichnete Charlotte Tetzner einzelne Szenen ihrer Verfolgungserfahrung nach. Nicht die Einzelheiten der Erinnerung sind wichtig, nicht jedes erinnerte Detail, nicht die genaue Uhrzeit, sondern die Summe, die Essenz zwischen den Zeilen dieses Wegs.

Mit der Inhaftierung Charlotte Tetzners in dem Frauenkonzentrationslager Ravensbrück 1941 beginnt ihr Weg. Es werden fünf weitere nationalsozialistische Konzentrationslager folgen. Jeder dieser Namen steht für eine singuläre Unmenschlichkeit: Auschwitz, Mauthausen, Groß-Rosen, Bergen-Belsen, Mittelbau-Dora.

Als Charlotte Tetzner mit ihren Mithäftlingen wegen der herannahenden sowjetischen Truppen aus dem Vernichtungslager Auschwitz getrieben wird, schließt sich der Evakuierung kein „Todesmarsch" in die Befreiung an, sondern eine sich scheinbar endlos und ziellos hinziehende Irrfahrt. Gehetzt, getrieben bleiben die Häftlinge schließlich liegen, als das „Dritte Reich" zum Stillstand kommt. Charlotte Tetzner kehrt in ihre sächsische Heimatstadt zurück. Nach einer kurzen Zeit der Ruhe beginnt eine erneute Verfolgung. Die DDR-Behörden entziehen ihr den Status „Opfer des Faschismus", ihr Mann passt sich nicht der offiziell geforderten DDR-Kunst an, die Kinder dürfen ihre Berufsausbildungen nicht ausüben, der Sohn, zunächst inhaftiert als Kriegsdienstverweigerer, verlässt schließlich die DDR.

Erst 1989, nach über vier Jahrzehnten, endet für Charlotte Tetzner dieser Weg.

Der Text Charlotte Tetzners findet eine Erweiterung in den ausdrucksstarken Zeichnungen und Drucken des Künstlers Heinz Tetzner. In ihnen sehen wir, was wir in dem Text seiner Frau lesen. Obwohl diese Zeichnungen und Drucke keine Illustrationen des Textes seiner Frau sind. Heinz Tetzner ließ sich von den Erzählungen inspirieren. Die Bilderfolge steht eigenständig und ergänzt den Text. Die Zusammenstellung der Zeichnungen und Drucke stellt eine erste Annäherung an ein Thema dar, dem der Künstler sich zukünftig intensiver widmen möchte, wie er in einem Gespräch ankündigte.

Zusammengenommen ergeben Text und Bilderfolge ein einzigartiges Dokument der Auseinandersetzung mit Verfolgung und Diktaturerfahrung des 20. Jahrhunderts.

Im zweiten Teil dieses Buches werden durch zwei Essays einerseits die Erlebnisse Charlotte Tetzners in den historischen Zusammenhang gestellt und andererseits die Zeichnungen und Drucke Heinz Tetzners kunsthistorisch eingeordnet.

Jorge Semprun beschrieb in dem bereits zitierten Werk den Verlust der Zeitzeugengeneration mit den Worten: „Doch eines nahen Tages wird niemand mehr die reale Erinnerung an diesen Rauch haben: es wird nur noch eine Phrase sein, ein literarischer Beleg, eine Idee von Geruch. Geruchlos also."[2]

Nur eine Zeitzeugengeneration wusste um diesen Geruch des Rauches der Krematorien. Aber das ist auch gut so, denn wenn wir es jemals wieder erfahren sollten, haben wir nichts gelernt und alles Gewesene wäre vergebens gewesen.

Hans Hesse   Hürth, Sommer 2004

Frierende

von
Charlotte Tetzner

I. Ravensbrück

Sonst war ein Tag wie der andere.

Früh aufstehen. Betten bauen. Die mussten akkurat sein. Dann Frühstück in Eile, um rechtzeitig zum Appell fertig zu sein. Anschließend zur Arbeit. Abschließend am Abend wieder zum Appell. Der konnte, wenn etwas nicht stimmte, manchmal lange dauern.

Während dieser Zeit schaute ich sehnsuchtsvoll in den blauen Himmel mit oft herrlicher Wolkenbildung. Schaute den Vögeln nach. Und beneidete sie um ihre Freiheit. Oder ich sah mich an dem Grün der Bäume satt.

Seit zwei Monaten waren wir hier. Meine Mutter und ich. Kurz nach Ostern 1941 hatten sie uns in Gersdorf in der Nähe von Chemnitz verhaftet. Mein Vater war Bergmann und arbeitete im Kohlerevier Lugau/Erzgebirge. Er war Kommunist. Er gehörte dem Arbeitergesangsverein an und marschierte in der Musikkapelle voran. Es kamen auch öfter Genossen in unsere Wohnung, und es wurde manchmal heftig diskutiert.

Bis 1941 hatten wir keine Schwierigkeiten mit den Nationalsozialisten – außer den üblichen: Ich hob in der Schule nicht die Hand zum Hitler-Gruß, sang nicht ihre Lieder. Während meiner Lehrzeit wurde ich einmal zur Gestapo nach Chemnitz vorgeladen, weil ich verdächtig geworden war. Bei einer Spendensammlung auf dem Hof unseres Werks war auch ich aufgefordert worden, für die Partei zu spenden. Ich hatte aber in meinem Portemonnaie nur wenig Kleingeld und einen Knopf dabei. Ich fragte: „Nehmt Ihr auch Knöpfe in Zahlung?"

Das war 1939. Da war ich 19 Jahre alt.

Nun, Ostern 1941, klingelte es scharf an der Haustür. Zwei Herren traten ein und erklärten uns, dass sie uns „mitnehmen" müssten. Es sei eine Internierung für uns drei – Vater, Mutter und mich – angeordnet, da der Krieg auf dem Balkan begonnen habe.

Vater war gebürtiger Kroate. Ausländer also.

Die Mutter sollte nur Notwendiges zusammenpacken. Was aber ist notwendig? Für wie lange?

Während die Beamten warteten, suchten Mutter und ich zusammen, woran wir in der Aufregung dachten. Dann verließen wir die Wohnung, übergaben die Schlüssel an die unter uns wohnenden Mieter und ab ins Auto. Wir kamen ins Chemnitzer Polizeipräsidium. Vater in die Männerabteilung, Mutter und ich zu den Frauen.

Tage und Wochen vergingen. Mit Nichtstun. Warten. Einmal durften wir in der Küche Kartoffeln schälen. Hin und wieder kam Besuch. Auch die Mieter, die unseren Hausschlüssel hatten. Wollten wohl sehen, wo wir da gelandet waren.

Papa sahen wir noch einmal wieder. Zum Abschied. Er kam nach Dachau. Wir über das Gefängnis in Berlin-Alexanderplatz in das Frauenkonzentrationslager Ravensbrück. Vom Bahnhof in Fürstenberg marschierten wir ins KZ. Zunächst wurden wir registriert und mussten uns ausziehen. Ich wurde von einer Aufseherin mit den Worten abschätzig begrüßt: „Wohl auf den Strich gegangen?"

Nackt gingen wir zum Entlausen. Wurden welche gefunden, scherten sie die Köpfe der Frauen. Dann in den Duschraum.

In Zebrakleidung mit einem roten Winkel ging es auf die Blöcke. Es waren so viele Neuzugänge, dass es eng wurde und die Mehrstockbetten nicht ausreichten. So wurde erst einmal notdürftig ein Ausweg geschaffen, indem man Strohsäcke auf den Boden warf, worauf wir dann schlafen sollten.

Am nächsten Morgen hatte ich zum ersten Mal in meinem Leben einen Asthma-Anfall. Ich war eine trainierte Schwimmerin. Nie hatte ich jemals zuvor derartige Probleme gehabt.

Wir „Neuen" mussten uns anstellen. Man fragte uns nach unseren Berufen. Mutter und ich wurden der Nähstube zugeteilt. Das war besser als auf ein Außenkommando. Aber ich bekam immer stärkere gesundheitliche Probleme. Im Krankenrevier verordneten sie mir daher Tabletten gegen meine Verstopfung. Zwar gab es in der Nähstubenbaracke ein Abort. Das durfte allerdings nur nach vorheriger Erlaubnis durch die Aufseherin betreten werden. Die Tabletten taten ihre Wirkung. Aber die Aufseherin ließ mich nicht austreten. Stattdessen hielt die Aufseherin Massar im Mittelgang eine Rede. Wir seien ja selbst an allem Schuld, mussten wir uns anhören.

Die Tage vergingen.

Von Papa erhielten wie eine Karte aus dem Konzentrationslager Dachau. Vom 15. Juni 1941 datiert. Wir warteten mit Ungeduld auf diese Lebenszeichen.

Anfang Juli erreichte uns wieder ein Brief von ihm. Mutter las ihn voller Freude. Er äußerte sich zufrieden darüber, dass er noch vom Gefängnis aus an das Konsulat nach Berlin geschrieben habe. Er drückte seine Hoffnung aus, dass auch für uns die Sonne bald wieder scheinen würde. Außerdem sehne er sich so sehr nach uns, berichtete Mutter.

Mit dem Brief von Papa erhielten wir auch am gleichen Tag ein Telegramm. Mutter öffnete es erst, nachdem sie den Brief gelesen hatte. Kurz und knapp wurde uns mitgeteilt, dass Papa am 6. Juli 1941 gestorben sei. An „Lungenentzündung bei Herz- und Kreislaufschwäche".

Mutter brach zusammen. Ich war wie gelähmt. Es war wie ein Sturz ins Bodenlose.

Es war ein Zustand äußerster Ausweglosigkeit. Ein seelisches Tief. Als ob man eintaucht in eine große Finsternis und keinen Ausweg findet.

Ich spielte die 'Starke', um Mutter nicht noch mehr niederzureißen. Aber nachts, wenn jeder für sich allein auf seinem Strohsack lag, weinte ich.

Nach dem Appell und dem Abendessen konnten wir immer auf dem breiten Appellplatz zwischen den beiden Barackenreihen, unserer „Lagerstraße", wie wir sie nannten, spazieren gehen und uns mit anderen Häftlingen unterhalten. Hier begegneten wir auch Frauen mit einem lila Winkel an der Zebra-Häftlingskleidung. Sie versuchten immer, mit irgendjemandem ins Gespräch zu kommen. Manche lachten über sie und winkten ab. Ich erfuhr, dass es „Bibelforscherinnen" waren, Zeuginnen Jehovas. Sie sprachen auch uns an. Jetzt. Und wir begannen zuzuhören. Sie konnten uns Worte des Trostes und der Hoffnung aus der Bibel vermitteln. Wir hörten zum ersten Mal, dass es für die Toten eine Zukunft gibt. Das ließ uns aufhorchen. Es war wie Balsam für uns – und wir wollten mehr hören.

Uns beeindruckte, wie sehr die Zeuginnen Jehovas ihren Glauben lebten. Die Frauen mit dem Lila-Winkel verweigerten Kriegsarbeit. Ob es sich nun um direkte Herstellung von Gegenständen für die Krieg handelte oder auch nur Ausbesserungsarbeiten an der Militärkleidung. Hierfür wurden sie durch zusätzliche Strafen gequält und mussten Schlimmes über sich ergehen lassen.

Das, was wir von ihnen erfuhren, ließ uns wieder hoffen. Es war für uns, als ob wir aus tiefer Finsternis zum Licht kamen. Unsere Ausweglosigkeit wurde in eine gesicherte Hoffnung gewandelt.

Dafür waren wir sehr dankbar.

Mitte Dezember 1941 führten zwei Aufseherinnen Mutter und mich zur Effektenkammer. Wir erhielten überraschend unsere Kleidung zurück und sollten entlassen werden.

Weil der Inhaftierungsgrund – Papa – nun nicht mehr existierte?

Ich weiß es nicht.

In der Schreibstube der Oberaufseherin Langenfeld legte man uns eine Erklärung vor, die wir unterschreiben sollten. Mutter unterschrieb sofort. Ich las:

„1. Ich habe erkannt, dass die Internationale Bibelforschervereinigung eine Irrlehre verbreitet und unter dem Deckmantel religiöser Betätigung lediglich staatsfeindliche Ziele verfolgt.
2. Ich habe mich deshalb voll und ganz von dieser Organisation abgewandt, und mich auch innerlich von dieser Sekte freigemacht.
3. Ich versichere hiermit, dass ich mich nie wieder für die Internationale Bibelforschervereinigung betätigen werde. Personen, die für die Irrlehre der Bibelforscher werbend an mich herantreten oder in anderer Weise ihre Einstellung als Bibelforscher bekunden, werde ich unverzüglich zur Anzeige bringen. Sollten mir Bibelforscherschriften zugesandt werden, so werde ich diese umgehend bei der nächsten Polizeidienststelle abgeben.
4. Ich will künftig die Gesetze des Staates achten, insbesondere im Falle des Krieges mein Vaterland mit der Waffe in der Hand verteidigen und mich voll und ganz in die Volksgemeinschaft eingliedern.
5. Mir ist eröffnet worden, dass ich mit meiner erneuten Inschutzhaftnahme zu rechnen habe, wenn ich meiner heute abgegebenen Erklärung zuwiderhandle.“

Ich war überrascht. Hatten wir nicht einen roten Winkel? Galten wir nicht als „Politische“? Hielt man uns plötzlich für Zeugen Jehovas?

Ich unterschrieb nicht. Konnte das nicht mit meinem Inneren in Einklang bringen. Die Oberaufseherin kommentierte dazu: „Tot, töter, am tötesten!“ Sie rief zwei Aufseherinnen. Für mich ging der Weg zurück zur Effektenkammer, in die „Zebrakleidung“ mit einem roten Winkel und in den Block.

Mutter kam frei. Wir sahen uns erst im Juli 1945 wieder.

Zurück auf dem Block wurde ich von den Kommunistinnen beschimpft. Für sie war ich abtrünnig geworden. War ich aber vorher Kommunistin? Ich schwieg.

Kurze Zeit später zitierte man mich zur Politischen Abteilung, dann zum Arbeitseinsatzleiter oder in die Kommandantur. Drohungen. „Sie kommen hier nie wieder raus!“ Schmeicheleien. „Schauen Sie, die Sonne scheint, herrliches Wetter. Wollen Sie nicht frei kommen? Ihre Mutter sehen?“

Es ging ihnen nicht wirklich um mich. Sie sorgten sich nicht darum, dass ich möglichst schnell freikäme, zur Mutter. Es ging ihnen ums Prinzipielle. Meine Selbstachtung sollte gebrochen werden.

Ich arbeitete weiter auf der Nähstube. Die Freizeit verbrachte ich mit den Zeuginnen Jehovas. Ich hörte ihnen zu. Eine Gruppe von ihnen, und ich gehörte dazu, entwickelte die Ansicht, dass bestimmte Handlungen und Haltungen hier im KZ nicht mit den biblischen Grundsätzen im Einklang standen. Hierzu gehörten nicht nur Kriegsarbeiten, die wir verrichten sollten, sondern wir waren der Auffassung, nicht mehr aufstehen zu wollen, wenn z.B. ein SS-Offizier den Block betrat. Hierfür wurden wir 10 bis 12 Frauen auf einem Block isoliert und bestraft. Wir durften den Block nicht verlassen und bekamen nur zweimal in der Woche etwas zu essen.

Nach zwei bis drei Wochen wurde ich, nur ich, von zwei Aufseherinnen aus dem Block herausgeholt. Sie befahlen mir mitzukommen. Natürlich stand ich auf und ging mit.

Das war mein Glück. Denn die zurückgebliebenen Glaubensschwestern verweigerten immer häufiger Befehle. Sie verweigerten schließlich sogar den Appell. Ich konnte beobachten, dass die Frauen aus dem Block herausgeschleppt wurden und, weil sie nicht Stehen wollten, mit Wasser übergossen wurden.

Ich fand das entwürdigend. Und es führte zu Hohn und Spott.

Eines Tages wurde der Reichsführer der SS, Heinrich Himmler, angekündigt. Er wolle das KZ inspizieren. Ich sollte ihm vorgeführt werden. Das ganze Lager war angetreten. Die Aufseherinnen standen wie wir aufgereiht da. Himmler kam. Er schritt langsam Block für Block ab, verweilte dabei hier oder da ein wenig und schaute. Schließlich erreichte er unseren Block. Ich war sehr aufgeregt. Vor mir sprach er mit einer holländischen Glaubensschwester. Ich hörte kein Wort. Ich wurde aufgerufen. Ich trat vor. Die Aufseherinnen standen stramm und schauten gespannt, warteten sicher darauf, dass ich jetzt einknicken würde. Himmler erklärte mir, welche Chancen sich mir böten, wenn ich jetzt meine Haltung änderte. Ich antwortete kurz: „Wenn mir nichts Besseres geboten wird als das, was ich hier gefunden habe, bleibe ich bei meinem Glauben."

Himmler schwieg.

Für mich änderte sich danach nichts Wesentliches. Auf der Arbeit in der Schreibstube, zu der ich jetzt eingeteilt worden war, flüsterten mir die Arbeitskameradinnen zu, dass sie mich beobachten sollten. Was sollte da beobachtet werden? Sollten sie. Stattdessen legte mich KZ-Kommandant Kögel herein. Er schlich sich in die Schreibstube, ohne dass ich ihn kommen

12

hören konnte, und warf mir vor, einfach sitzen geblieben zu sein. Dabei hatte ich sein Kommen einfach nicht bemerkt.

Ich kam auf den Strafblock. Sofort. Das bedeutete: Ausrücken und körperliche Arbeit verrichten. Steine mussten wir schleppen. Ohne Sinn und Verstand, wie mir schien. Marschierten wir zu unserer Arbeitsstelle und kam uns eine Männerkolonne entgegen, mussten wir stehen bleiben und uns abwenden, um ja keinen Blick mit den männlichen Gefangenen austauschen zu können.

Nach zwei, drei Wochen Strafblock kam ich zurück auf die Schreibstube. Oberaufseherin Mandel lachte. Offenbar belustigte sie meine Bestrafung durch Kögel sehr. Wir Frauen in der Schreibstube mussten etliche Male mit anhören, wie Mandel ihre 'Schuldigen' in ihrem Zimmer 'fertig machte'. Sie schrie. Tobte. Schlug. Manchmal sahen wir sie danach aus ihrem Zimmer kommen: Völlig außer Atem mit verzerrtem, gerötetem Gesicht. Wir mussten aufpassen, dass wir sie nicht reizten.

Allmählich wurde es Herbst. Am 5. Oktober 1942 kam ich in eine kleine Gruppe von Frauen. Wir erhielten unsere Zivilkleidung. Sie erzählten uns, wir kämen nach Auschwitz.

Birkenau.

Oberaufseherin Mandel war dorthin versetzt worden.

Wir sollten ihr folgen.

II. Auschwitz-Birkenau

Im Zug fuhren wir ins KZ. Die Ankunft. Aussteigen mussten wir außerhalb des Bahnhofs. Im Fußmarsch ging es auf einer unbefestigten Straße ins Lager. Ich sehe eine Szene vor mir: Auf einem Feld, abgegrenzt durch Stacheldraht, Männerhäftlinge, völlig abgemagert. Brüllende SS-Wachmänner treiben sie zur Arbeit an. Knüppelschläge.

Ich musste an meinen Vater denken.

Wir wurden an der Blockführerstube, wo wir gezählt wurden, hinter dem Stacheldraht ins Lager geführt.

Birkenau.

Was sich unseren Blicken bot, war das blanke Entsetzen: Kein Baum. Kein Strauch. Kein Gras. Nur lehmiger Boden. Schmutz. Öde. Ich war geschockt. Gelähmt. Was sich unseren Augen bot, war so schrecklich. Es entzog sich jeder menschlichen Vorstellungskraft.

Wir wurden in einen Duschraum geführt. Mussten unsere Kleidung ablegen. Einzeln. Nackt. An einem SS-Wachmann vorbei unter die Duschen. Immer wieder stellte ich mich zurück. Reihte mich hinten wieder ein, ließ andere vor, in der Hoffnung, dass er dann nicht mehr so schaut, so genau hinschaut. Als ich dann – am Schluss – schnell vorbei wollte, hielt er mich an der Schulter fest. Er drehte mich. Ein paar Mal. Von allen Seiten betrachtete er mich. Ich fühlte mich unsagbar erniedrigt.

Wir erhielten normale Zivilkleidung. Keine KZ-Zebra-Uniform. Dann ging es in eine der Pferdestallbaracken.

Ich wurde einer Schreibstube im Stammlager zugeteilt. Hier erhielt ich auch meine neue Nummer: 21962.

21962.

Mit rotem Winkel.

Ich war aber keine „politische" Gefangene. Und ich hatte den Wunsch und Willen zu zeigen, wo und für was ich stand. Ich besorgte mir ein paar Fäden Stickgarn. Schwarz für die Nummer. Lila für den Winkel. Dazu ein weißes Bändchen. Nun konnte ich meine Nummer sticken, und ich freute mich, dass mir dies gelungen war und nähte es an meine Kleidung.

Am nächsten Morgen. In der Schreibstube. „Unsere" Aufseherin erschien. Wir mussten alle aufspringen. Sie bemerkte meine Veränderung. Sie brüllte wie ein Stier. Wenn ich nicht von meiner „verrückten Idee" abließe, käme ich nach Budy, in ein sehr schlimmes Arbeitslager, oder nach Birkenau oder auf den Block 26, der 'Wartehalle', von wo aus die Menschen ins Gas kamen.

Ich kam nach Birkenau.

Ich behielt meinen selbstgenähten Winkel.

***

Mein neuer Arbeitsplatz war die Häftlings-Schreibstube. Mein Schlafplatz in einer der Pferdestallbaracken. Diese Baracken hatten keine Fenster. Licht kam nur ganz oben an beiden Seiten unter dem Dach durch je einen schmalen Streifen Glas hindurch.

Es gab kein fließendes Wasser.

Es gab keinen Abort.

Ich entsinne mich einer Baracke. Die letzte am Ende des Lagers. Sie diente als ‚Abort'. Hier waren auf beiden Seiten entlang der ganzen Baracke Mauern, auf die die Menschen sich setzen mussten. Dahinter die Kloake. Ohne Schutz. Es soll vorgekommen sein, dass völlig entkräftete Häftlinge rückwärts in die Kloake gefallen sind.

Auch die einzige Wasserstelle war dort. Dazu brauchte man Gefäße, Eimer, um es aufzufangen. Es sah rostrot aus. Wir mussten warten, bis sich dieses Zeugs abgesetzt hatte. Dann erst konnten wir es gebrauchen.

***

Ein weiteres Übel: Flöhe, Wanzen Kopf- und Kleiderläuse. Es gab Typhus. Täglich hunderte Tote allein deswegen. Häufig gab es ‚Entlausungen': Alle Baracken mussten geleert werden, alle Strohsäcke wurden hinausgeworfen. Wir selbst mussten uns ausziehen. Nackt liefen wir vom Block über die Lagerstraße zur ‚Sauna'. Dabei haben wir, von der Baracke weggehend, in der Tat massenweise Flöhe fliehen gesehen.

Auf der Lagerstraße wieder ein Spalier von gaffenden SS-Männern. Auch Lagerkommandant Hößler und andere Offiziere. Männerhäftlinge. Alle schauten. Ich redete mir ein: Ich bin nur eine Nummer. Froh, im Duschraum anzugelangen.

***

Jeden Tag Zählappell. Während wir schon standen, marschierten, besser: schleppten sich die Arbeitskommandos verschiedener Außenarbeitsstellen ein. Es war ein herzzerreißender Anblick. Völlig entkräftete jüdische Frauen. Mühsam aufrecht gehend. Der Blick, völlig leer. Als ob das Innerste, alle Gefühle, erstorben wäre. Ich sah im Winter ein Mädchen in völlig zerschlissener Kleidung. Am Bein eine Erfrierungswunde, aus der eitriges Sekret floss. Um die Füße nur Lappen gewickelt.

Woher soll der Wille zu leben kommen?

Die Arbeitskraft der Juden wurde bis zur Erschöpfung ausgenutzt. Das war Programm.

Am Ende stand für alle das Krematorium.

Manchmal wurde während des Appells der „Bock" aufgestellt. Dann mussten wir mit ansehen, wie irgendein Häftling, der sich irgendetwas hatte ‚zuschulden' kommen lassen, seine 'Strafe' bekam: 25 Stockhiebe. Dazu wurde er auf den Bock geschnallt. Dann wurde geschlagen. Mit aller Kraft wurden die Hiebe ausgeteilt. Als ob es eine Lust für die Aufseherinnen war.

***

Einmal sah ich einen Judenblock von innen. Diese Baracken waren zwar gemauert. Aber innen gab es keinen festen Boden. Man trat auf die feuchte Erde. Zwar gab es kleine Fenster, die aber nicht geöffnet werden konnten. Es gab keine Bettgestelle. Es waren Boxen. Wie in einem Hasenstall. Boxen. Nur eben größer. In die unteren Boxen mussten die Frauen wie in eine Hundehütte kriechen. Die im zweiten Stock darüber hatte schon Mühe, da überhaupt hinein zu gelangen. Für die im dritten Stock war es nur unter größten Anstrengungen möglich. Die Boxen waren vielleicht 1,50 Meter breit, 80 bis 90 Zentimeter hoch und ca. 2 Meter tief.

Jede Box für vier Frauen.

Meistens aber gab es Überbelegung.

Das bedeutete: Eine Box teilten sich acht oder zehn Frauen.

***

Eine Jüdin aus Griechenland. Sie kam zu uns in die Schreibstube gerannt. Sie warf sich vor uns nieder. In völliger Verzweiflung. Sie weinte. Bat um Hilfe. Bei dem Transport war auch ihre Mutter dabei gewesen. Auf der Rampe war 'selektiert' worden: Die Jüngeren, Gesunden und Kräftigen auf die eine Seite. Die Älteren, Kranken, „Unbrauchbaren" auf die LKWs. Die „Brauchbaren" mussten dann ins Lager laufen. Auch die Mutter der jungen Griechin war dabei. Weil das Mädchen aber dachte, es sei für die Mutter bequemer gefahren zu werden, hatte sie sie ermuntert, mit auf den LKW zu steigen.

Sie wurde nicht damit fertig, ihre Mutter selbst in den Tod geschickt zu haben.

***

Aus einer Baracke hörte ich Musik. Ich ging zum offen stehenden Eingang und sah und hörte eine Geigerin. Es war wunderbar. Aus einer anderen Welt. Ich stand. Lauschte. Und mir kamen Tränen. Dann war sie zu Ende. Senkte ihre Geige. Sah mich. Kam zu mir.

„Warum weinst du?", fragte sie mit sanfter Stimme.

Es war Alma Rosé, die Tochter des Konzertmeisters der Wiener Philharmoniker. Sie leitete die Lager-Kapelle.

„Warum weinst du?"

***

Wieder eine neue Arbeitsstelle. Blockführerstube. Mein Schreibtisch stand am Fenster. Ich blickte direkt auf Block 26. Im Raum befand sich die gesamte Häftlingskartei. In der Hauptsache waren es Todesmeldungen, die eingetragen werden mussten. Mit den entsprechenden Todesursachen. Das waren so stereotype Bezeichnungen: Sepsis bei Phlegmone, Kreislaufversagen, Lungenentzündung, Grippe.

Wie bei meinem Vater.

Niemals Typhus. Woran die meisten starben.

***

Ein Blick aus dem Fenster an meinem Arbeitsplatz.

Wieder ein ‚Tag der Krematorien'. Ein Block wurde ausgeräumt. Die LKWs kamen und wurden beladen. Schnell musste alles gehen. Die Todgeweihten schrieen.

Die Aufseherin Hasse stieg auf die Trittbretter des LKW. Sie schlug mit einem langen Knüppel auf die Köpfe der Gequälten.

Sie bluteten.

***

Der Krankenbau. Ehe man in den großen Raum kam, wo die Krankenbetten standen, gab es einen kleinen Vorraum. Dort lagen, hingeworfen, kreuz und quer, die Toten. Schon steif. Ratten nagten die Leichen an.

Hier musste man vorbei, wenn man jemandem Mut zusprechen wollte, der im „Krankenrevier" lag.

Ich besuchte eine junge holländische Zeugin Jehovas. Sie sei sehr krank, hieß es. Sie habe Anfälle. Man habe sie ‚gebändigt', indem man sie auf den Rauchfangkanal, der durch die ganze Baracke lief, gelegt habe, um sie festhalten zu können. Ich setzte mich zu ihr. Hielt ihre Hände. Streichelte sie. Aber wir konnten uns nicht unterhalten. Ich war häufiger bei ihr. Eines Tages war sie weg. Sie habe, hieß es, weil sie wieder auf den heißen Rauchfangkanal gepresst worden war, starke Verbrennungen gehabt. Daran sei sie gestorben.

***

Immer wenn in Birkenau Selektionen stattfanden, mussten danach alle im Lager bleibenden Häftlinge duschen. Lagerkommandant Hößler kam zu uns auf die Schreibstube und sagte zu mir: „Du musst auch dorthin kommen." Ich nicht, antwortete ich ihm, ich sei sauber. „Du kommst, und wenn ich bis Mittag warten muss", beschied er. Ich wusste, ich konnte mich nicht drücken. Im Duschraum riet mir eine Glaubensschwester, ihm fest in die Augen zu schauen, dann werde er es nicht wagen, seine Blicke schweifen zu lassen. Er kam. Trat nahe an uns heran. Ich sah ihn direkt an und konnte dadurch seinen Blick festhalten.

***

Manchmal wurde ich eingesetzt, wenn jüdische Mädchen ins Lager kamen, die ausgewählt wurden, zunächst am Leben zu bleiben. Sie wurden verschiedenen Arbeiten zugeteilt, und ich musste im Beisein der Aufseherin ihre Namen und ihre Berufe notieren. Miriam konnte ich helfen. Sie kam in meine vorherige Arbeitsstelle in einer Schreibstube unter.

***

Grauen und Sterben. Allgegenwärtige Begleitung auf Schritt und Tritt. Am Rande der Lagerstraße sah ich eine kleine Jüdin. Sie hatte ein großes Stück Brot in der Hand. Es fiel ihr zu Boden. Als sie sich bückte, um es aufzuheben, fiel sie dabei gleich selber zu Boden. Sie hatte keine Kraft mehr aufzustehen. Während ich näher kam, sah ich den SS-Rapportführer des Lagers mir entgegenkommen. Er hatte es auch beobachtet. Er erreichte sie, hielt an und trat ihr mit dem Stiefelabsatz voller Wucht in den Leib.

Das war ihr Ende.

Und man geht fassungslos vorbei.

Es gibt keine Gegenwehr.

Für die Juden, aber auch für alle Slawen, die als „Untermenschen" bezeichnet wurden, gab es keine Hoffnung. Aber auch für uns „Arier" gab es keine Überlebensgarantie. Keiner konnte wissen, was auf ihn zukommt.

Und auf welche Weise er trotzdem sein Leben verliert.

***

Eines Abends wollte ich aus meiner ‚Koje' im zweiten Stock hinuntersteigen. Ich merkte nur noch, wie ich stürzte. Als ich wieder bei Bewusstsein war, stand der Lagerarzt Dr. Rhode vor mir. „Du musst ins Revier." „Ich will nicht ins Revier. Ich will keinen Typhus bekommen!" protestierte ich. Er lächelte und sagte: „Du kommst auf den Block 10." Das war keine Pferdebaracke. Ein neugebauter Block mit Fenstern. Auch gab es dort nur zweistöckige Betten. Das tröstete mich. Doch wieder fiel ich in Ohnmacht. Als ich später für kurze Zeit zur Besinnung kam, merkte ich, dass zwei Bahrenträger mich auf das Krankenrevier schleppen wollten. Ich erkläre ihnen, dass ich nach Block 10 kommen soll. Tatsächlich hörten sie auf mich.

Das Gute während der Krankheit ist, dass man nichts merkt und nichts weiß.

„Sie hat ein gutes Herz. Sie wird es schon schaffen!" Von weit weg hörte ich diesen Satz. Das bewirkte bei mir ein so seliges Gefühl, das ich bis heute nicht vergessen habe.

Dann tauchte ich wieder ins Nichts.

Das eigentlich Schlimme beginnt mit dem Wachsein.

„Siehst du denn nicht, dass mein Papa hier sitzt?", sagte ich zu einer Bekannten, die auf meiner Bettkante saß.

Ich sah ein Glas mit herrlichem Apfelsinensaft. Ich griff lechzend danach.

Nichts.

Ich hatte mehrere Tage Fieber mit 41 Grad. Mir fielen die Haare aus. Ich entschied, sie alle abscheren zu lassen.

So konnten sich keine Kopfläuse mehr festsetzen.

Zurück auf der Schreibstube bemerkte die Mandel meine Veränderung. Sie befahl mir, mein Kopftuch abzunehmen. Ich tat es ungeniert. „Na, wie siehst du denn aus!" lachte sie.

„Wie meines Vaters Sohn", antwortete ich.

Sie lachte.

***

1944. Verstärkt kamen Transporte aus verschiedenen östlichen Ländern. Vollbeladene LKWs rollten ins Lager mit solchen Juden, die zum Austausch der ‚verbrauchten' Häftlinge benötigt wurden.

Zunehmende Selektionen. Immer wieder Menschenmassen auf dem großen freien Platz, wo sie auf ihre Arbeitszuteilung warteten. Die Kapos hatten viel zu tun. Mit ihren Knüppeln.

Das sah ich von meinem Fenster aus. Ich hörte. Hörte Gerüchte. Die Krematorien arbeiteten zu langsam, sie würden große Leichenberge unter freiem Himmel verbrennen. Ich roch es. Roch die Verbrennungen. Der Geruch senkte sich über das Lager.

Ich kam aus Birkenau weg. Eine neue Arbeitsstelle. Das SS-Lazarett. Eine Krankenstation für das Personal des Lagers. Nach der Arbeit durften wir duschen. Wir meinten zu träumen. Ich saß in der Schreibstube. Ich tippte die Doktorarbeit von SS-Arzt Dr. Kitt, schrieb die Krankenberichte, nahm auf Diktat an den Betten die Diagnose auf.

20

Aus der gegenüberliegenden Fleischerei brachten uns Polen manchmal, in Socken versteckt, etwas Wurst und ein Stück Butter mit. So etwas hätten wir uns ein Jahr vorher nicht träumen lassen.

Die SS-Ärzte hatten zwei Gesichter. Eines: Nach einer Feier bei Dr. Wirths, bei dem wir in der Küche das Geschirr zu spülen hatten, kam er zu uns. Mit zwei Gläschen Wein in den Händen. Freundlich nickend; Prof. Clauberg war klein und rundlich, Dr. Kitt groß und schlank. Sie standen vor dem Lazarett. Kitt wippte ein bisschen mit den Füßen und schaute auf seinen kleinen Professoren-Kollegen herab. Er schmunzelte.

Und sie hatten ein anderes Gesicht. Eines, das Menschen zu Laborratten degradierte.

Auch in dem neuen SS-Lazarett, außerhalb des Lagers platziert, schrieb ich Krankenberichte etc. Und ich musste bei Magenausheberungen mithelfen. Die Patienten, manchmal waren es auch Wehrmachtssoldaten, mussten einen Schlauch schlucken, damit ihnen Magenflüssigkeit abgesaugt werden konnte.

Im Januar 1945 fielen einige Bomben auf diesen Lazarettkomplex. Die fünf Baracken wurden vollständig zerstört. Einige Wochen und Monate zuvor hatte es zwar auch zwei einzelne Bombentreffer im Lager gegeben. Aber es waren wohl nur Irrläufer.

***

17. Januar 1945. Alle Häftlinge von Birkenau mussten sich auf einem großen Platz versammeln. Es wurde das Magazin gestürmt. Die SS-Wachleute konnten es nicht verhindern. So hatten wir wenigstens ein wenig Vorrat an Brot und Margarine. Irgendwoher bekam ich ein kleines Handkörbchen dazu. Wir hatten schon unsere Kleidung und Wolldecken gepackt. Kolonne um Kolonne wurde in Bewegung gesetzt. Ehe wir Frauen an der Reihe waren, war der Abend schon da. Ich sehe vor meinen Augen noch den hellen Mond am klaren Himmel. Schon bald sahen wir am Wegesrand links und rechts erschossene oder erschlagene Männerhäftlinge liegen. Die SS-Mannschaft war bewaffnet mit Gewehren und Panzerfäusten. Jeder Fluchtversuch musste scheitern.

Vor mir sehe ich einen abgemagerten Männerhäftling. Er saß am Wegesrand. Den Kopf hin und her bewegend. Die Augen geschlossen. Lächelnd.

Ein Schuss.

Aus.

Ein weiblicher Häftling. In der Böschung sitzend. Die Augen. Weit aufgerissen. Der Mund. Offen.

Wieder ein Schuss.

Kilometer über Kilometer. Endlich eine Pause. Ein Bauernhof an einsamer Strecke. Wir rasten. Auf dem Heuboden. Wir ziehen unsere Schuhe und Stiefel aus. Freuen uns aufs Schlafen. Dann der Befehl: „Weiter marschieren!"

Ich komme nicht mehr richtig in meine Stiefel. Die Füße sind geschwollen. Es ist eine Qual. Ich kann nicht mehr laufen. Und wir müssen laufen. Und laufen. Kilometer. Immer wieder Erschlagene. Dann ein Bahnhof.

Nun ging es per Zug weiter. Wir wurden in die großen, dunklen Containerwaggons verladen. Es ging sehr langsam, sehr stockend voran.

III. Groß-Rosen

Unser erster Halt.

Groß-Rosen.

Ich habe kaum eine Erinnerung an dieses Konzentrationslager. Ich lehnte das verabreichte Essen ab. Ich hätte mich übergeben müssen.

Von hier aus war die Fahrt noch ungemütlicher. Offene Kohlenwaggons. Wieder kamen wir nur schleppend voran. Mögliche Fliegerangriffe. Unser Zug fuhr einmal auf eine Nebenstrecke. Ein Halt in der einsamen Natur. Eine riesige Rasenfläche. Wälder. Wir kletterten heraus. Liefen umher. Wir sahen einen abgemagerten, alten Häftling. Seine Augen leuchteten. Weil er mit uns sprechen konnte.

Hinter den Wäldern. Hinter den Bäumen. Man erzählte sich, dass Häftlinge das Fleisch Verstorbener aßen.

Weiter ging die Fahrt. Bei eisiger Kälte. Eine Glaubensschwester starb während der Fahrt. Sie hatte eigentlich nur eine Mandelentzündung. Mehr nicht.

Wenn ich auf den Zehenspitzen stand, konnte ich die Landschaft sehen. Die Donau. Regensburg. Es kam kein vertrautes Gefühl auf. Stattdessen Durst. Quälender Durst. Mehr noch als der Hunger. Es gab kein Wasser.

IV. Mauthausen

Wieder erreichten wir ein 'Ziel'. Mauthausen.

Zu Fuß mussten wir dem KZ entgegenstolpern, uns ihm entgegenschleppen. Den Berg hinauf.

Es lag Schnee.

Uns gelüstete danach. Aber es war verboten. Ich bückte mich dennoch. Eine Handvoll Schnee. Ich leckte gierig.

Wir hatten uns auf einem schmalen Platz vor der ‚Sauna‘ hinzusetzen. Ein Wachmann nahm uns unsere ‚Wertsachen‘ ab. Manche hatten Uhren. Schubweise wurden wir eingelassen. Ein Häftling nahm die Kleidung ab. Schnell weiter. Dann unter die Dusche. Ein Stück Seife. Wieder weg. Schnell weiter. Den Kopf waschen. Handtuch. Kaum abgetrocknet. Schnell weiter. Wieder in die Häftlingskleidung. Nur Männerunterhemd und -unterhose. Schnell nach draußen, wo alle warten müssen. Mit nassen Köpfen. In Männerunterwäsche.

Endlich auf der Baracke. Nun konnte jeder beim Lagerarzt vorstellig werden, um eventuelle Krankheiten behandeln zu lassen. Ich hatte Erfrierungen an beiden großen Zehen. Der Arzt stellte es fest. Fertig.

Eine Glaubensschwester wusste dagegen eine Behandlung. „Hier stinkt es sowieso!", sagte sie und empfahl Urinumschläge. Während unseres etwa fünftägigen Aufenthaltes hier fertigte ich mir jeden Tag Urinumschläge.

Es half.

Wieder weiter.

In unserer alten Kleidung.

Eine endlose Fahrt. Viele Unterbrechungen. Viele Tage.

Dresden. Auf dem Bahnhof. Menschen. Standen und schauten. Wir standen auf dem Gleis in offenen Waggons.

Ich hatte einen Zettel. Ganz klein zusammengefaltet. Wartete. Im rechten Moment warf ich das Papier den Schauenden zu. Vor ihre Füße. Sie blickten nur kurz runter.

Und dennoch. Meine Mutter erhielt diese Botschaft. Sie wusste nun, dass ich am Leben war.

V. Bergen-Belsen

Unser nächster Halt: Bergen-Belsen.

Keine Erinnerung.

Ich weiß nicht, wie lange wir dort waren.

Ich weiß nicht, was in dem Lager geschah.

Ich weiß nicht, wo ich schlief.

Ich weiß nicht, warum. Nur an eines kann ich mich erinnern: Wir standen. Einige wurden aufgefordert, vorzutreten. Sollte ich von den anderen getrennt werden?

„Nimm doch auch ein paar Junge mit!", hörte ich einen SS-Offizier sagen.

Ich war dabei. Ich gehörte wieder zu meinen Glaubensschwestern. War die 26te.

Aber wohin sollte es wieder gehen?

Wieder zum Bahnhof. Wieder in einen Zug.

VI. Mittelbau-Dora

4. März 1945. Konzentrationslager Mittelbau-Dora. Bei Nordhausen. Ich kam wieder auf die Schreibstube. Wieder bei Dr. Wirths. Die Männerhäftlinge mussten im Inneren der Berge, in Stollen arbeiten. Die Hoffnung wurde immer größer, dass wir bald befreit würden. Auch wuchs die Nervosität unter den SS'lern.

Am 4. April 1945 war es soweit. Zunächst gab es Bombenalarm. Ein Teil der Häftlinge musste die Außentreppen hoch zum Berg steigen, über einen kleinen Brückensteg in eine Aushöhlung des nächsten Berges. Beim Überqueren des kleinen Steges konnten wir sehen, wie die Bomben auf das gegenüber liegende Nordhausen fielen.

Nun begann die Angst der uns überlegen gewesenen Bewacher. Einer der jüngeren Ärzte kam zu mir und fragte völlig verstört: „Was soll nun werden?" Ich konnte es ihm nicht sagen, konnte ihm nicht sagen, dass sich die Situation nun umkehren würde.

VII. Evakuiert

Die Evakuierung auch dieses Konzentrationslagers begann. Wir 26 Zeuginnen Jehovas bekamen zwei SS-Wachmänner. Vom Bahnhof Nordhausen aus fuhren wir in einem Containerwaggon eine längere Zugstrecke.

Irgendwo endete die Fahrt. Wir stiegen aus. Die beiden SS-Männer führten uns in ein am Wege gelegenes Bauerngut. Auf dem Heuboden sollten wir schlafen. Aber an schlafen war nicht zu denken. Von fern hörten wir schon das schreckliche Donnern der Kanonen. Der Himmel war vom Feuerschein leuchtend rot gefärbt.

Am frühen Morgen sollten wir uns aufmachen. Im Fußmarsch ging es auf einer Landstraße durch die Gegend. Wir hielten an. Schwenkten auf eine bergige Wiese, die oberhalb und rechts von kleinen Laubwäldchen umgeben war.

Wir lagerten.

Wir warteten.

Die beiden SS-Wachmänner verschwanden. Nach kurzer Zeit kehrten sie als Zivilisten zurück. Die Jackenärmel waren zu kurz.

Ihre Abschiedsworte lauteten: „Ich seid frei, ihr könnt jetzt machen, was ihr wollt."

Von weitem hörten wir Militärfahrzeuge. Es waren amerikanische Truppen. Sie rollten auf der Straße unter uns langsam entlang. Unaufhaltsam.

Sie schossen auf das kleine Wäldchen. Neben uns. Wir packten unseren Krimskrams zusammen und überquerten die Straße. Die Soldaten winkten uns zu.

Nach einem kurzen Fußmarsch kamen wir in das kleine Dorf Deersheim. Wir befanden uns im Harz. Der Bürgermeister wies uns eine kleine Schule als Unterkunft zu. Strohsäcke waren unsere Betten. Wie seit Jahren. Aber es duftete. Es stank nicht mehr.

Nun waren wir also endlich frei.

Wieder Menschen.

Aber liegen geblieben.

VIII. Befreit

Wir genossen die Freiheit, die Spaziergänge, die Waldluft, lauschten den Vögeln, erhielten Essenskarten. Ich bekam einen Weisheitszahn gezogen. Halb. Die Wurzel sollte ich mir Zuhause behandeln lassen. Wir waren aber nicht Zuhause, sondern liegen geblieben. Züge verkehrten nicht. Ein junger Glaubensbruder erreichte uns. Er war in Buchenwald inhaftiert gewesen. Er fragte uns: „Erkennt ihr mich nicht?"

Er war der abgezehrte, alte Mann, der uns auf unserer Zugfahrt von Groß-Rosen in dem abgelegenen Waldstück angesprochen hatte. Nun war er wieder jung.

Ein Lieferauto fuhr uns ins befreite Buchenwald. Vier Tage verbrachten wir dort. Dann fuhren die Züge wieder, und wir konnten weiter. Bis Werdau in Sachsen. Dort war die 'Grenze'. Die russischen Truppen, die vorwärts drangen. Mehrere Tage warteten wir. Schließlich waren wir im „Sitzen" im Osten angekommen. Die russische Front war weiter westlich gezogen. Und unsere Heimfahrt fand ihre Fortsetzung.

Auf das Dach des Zug-Waggons war ich geklettert. In den Zügen gab es keinen Platz mehr. Durch Schmutz und Rauch nach Haus.

Hohenstein.

Welch ein Gefühl, die bekannte Umgebung wieder zu sehen. Und ich konnte sie genießen. Ein weiter Fußweg stand mir noch bevor. Eine Stunde.

Zuhause angekommen stieg ich langsam die Treppen hinauf. Zögerte noch. Ich war total aufgeregt. Das Herz klopfte mir bis zum Hals. Ich musste mich auf das Treppengeländer lehnen.

Seitlich ging eine Tür auf. Eine Hausbewohnerin, die ich nicht kannte. Sie wusste gleich, wer ich war. Sie bat mich hinein. In ein Nebenkämmerchen. Sie gab mir eine Schüssel mit Wasser. Ich wusch mir das Gesicht. Ich reinigte mich.

Die Tür geht auf.

Mein liebes Muttelchen kommt herein.

Worte gab es nicht.

Nur Tränen.

IX. DDR

Ich konnte es nicht fassen. Wieder daheim. Normale Lebensverhältnisse. Bei uns am Ort gab es auch wieder eine kleine Versammlung von Zeugen Jehovas. Endlich konnte ich nun selbst mit dem Studium der Bibel beginnen, um meinen Glauben zu festigen. Um bereit zu sein, darüber zu sprechen.

1946 ließen Mutter und ich uns schließlich taufen. Einen Schritt, den wir freiwillig und mit voller Überzeugung gingen.

Aber es wurden schon wieder Stimmen gegen uns laut. Noch kurz vor dem Jahr 1950 kam ich im Predigtdienst an die Wohnung eines ehemaligen Genossen meines Vaters. Er ließ mich hinein. Es kam zu einem Gespräch. Er sagte: „Wenn ich nicht wüsst', von wem du wärst – ich könnt' dich hassen." Und er sagte drohend: „Das eine kann ich euch sagen: Wenns wieder soweit ist und ihr macht nicht mit – wehe euch!"

Es war erst kurz nach der Nazizeit. Und dann solche Worte? Das gab mir zu denken.

Wir bekamen auch unsere alte Wohnung zurück. Dort wohnten noch immer die Mieter, denen wir 1941 unsere Wohnungsschlüssel anvertraut hatten. Anvertrauen mussten. Wir merkten ihnen an, dass ihnen unser erneuter Einzug unangenehm war. Offenbar hatten sie ein schlechtes Gewissen. Wir stellten ja auch fest, was alles fehlte.

1948 lernte ich Heinz Tetzner kennen. Er studierte an der Hochschule für Bau und Kunst in Weimar. Während der Semesterferien war er dann in seinem Elternhaus in Gersdorf. 1951 heirateten wir.

1950, im August. Wieder wurde unsere Religionsgemeinschaft verboten.

Nicht unerwartet.

Mein Mann stand vor einer schweren Entscheidung. Mittlerweile diplomiert und als Lehrer in Weimar tätig, wurde er 1953 gezwungen, die Schule zu verlassen. Die Direktion unter Prof. Henselmann handelte sehr schnell. Trotzdem war man gnädig mit ihm. Als Entlassungsgrund wurden „Strukturveränderungen der Schule" angegeben.

Man bedaure seinen Weggang sehr.

Eine Art tröstender Nachruf.

So wurde mein Mann freischaffender Künstler.

Und wir waren mittlerweile eine Familie. Zwei Kinder. Gabriele, 1952 geboren, Matthias 1954.

Ich verlor 1952 meine Anerkennung als „Opfer des Faschismus". Und damit auch eine „Wiedergutmachungsrente".

Geldsorgen.

Heinz' Kunst entsprach nicht den damaligen, gängigen Kunstvorstellungen. Der offiziellen Kulturpolitik. Anerkannt war nur „Hurra-Patriotismus".

Echte Kunst fand ‚im stillen Kämmerlein' statt.

Arbeiten ja.

Keine Kompromisse. – Kein Geld.

Zweimal wurde Heinz in repräsentativen Ausstellungen, wie zur großen Kunstausstellung 1954 in Dresden, angenommen.

Oft abgelehnt wegen seiner Einstellung als Zeuge Jehovas.

1956 und 1957 erhielt Heinz – für uns völlig überraschend – den Anerkennungs-Kunstpreis. Einerseits war das eine wirtschaftliche Hilfe für uns. Andererseits leitete es eine böswillige und hysterische Pressekampagne seitens der Partei-Ideologen ein.

Heinz sei ein Klassenfeind. Er habe eine „dekadente" Kunstauffassung.

Verwelkte Rosen gäbe es in der DDR nicht.

Auch in Zwickau, dem Geburtsort von Max Pechstein, wurde alle zwei Jahre der „Max-Pechstein-Preis" verliehen. 1955 wurde Heinz aufgefordert, seine Arbeiten einzureichen.

Er erhielt den Preis.

In den Medien der Parteiorgane die übliche Reaktion: wie könne man einem solch dekadenten, vom Westen beeinflussten Maler diesen Preis verleihen. Dazu noch seine Einstellung als „Bibelforscher"!

Auch sein Bild „Fischerpaar vom Darß" wurde 1958 mit üblen Beschimpfungen belegt.

Diese laufenden Angriffe wirkten sich natürlich auch auf unsere wirtschaftliche Situation aus. Etwas gemildert wurde die Situation dadurch, dass wir in dem Haus meiner Schwiegermutter lebten.

Wir lebten bescheiden und waren zufrieden mit dem, was wir hatten.

Ein Vorteil war aber, dass wir bei uns – trotz des Verbots – unbemerkt Versammlungen abhalten konnten. Uns gegenüber wohnte ein Polizist, und auch die Nachbarn hätten Beobachtungen melden können.

Und irgendwer wird wohl hinter den Gardinen an den Fenstern gestanden haben, denn in unserer Stasi-Akte stehen alle Nummern, der bei uns parkenden Autos.

Und alle persönlichen Briefe, die in den Westen gingen, wurden gesammelt und aufbewahrt.

Wir versuchten die heimlichen Beobachter zu täuschen, indem unsere Besucher mal mit einer Zeichenmappe unter dem Arm oder mit einem Blumenstrauß in der Hand zu uns kamen.

Wir hatten unsere Literatur, die von der Wachtturm-Gesellschaft ausgegeben wurde, im Untergrund durch Matrizen vervielfältigt. Kongressbesuche der Wachtturm-Gesellschaft in West-Berlin waren immer sehr gefährlich für uns. Wir fuhren manchmal bei strömendem Regen mit dem Motorroller nach Königswusterhausen und von dort mit der S-Bahn die restliche Strecke nach West-Berlin zur Waldbühne.

Noch stand die Mauer nicht.

Alle diese Strapazen nahmen wir gerne auf uns und vergaßen die Tortur. Die geistige Gemeinschaft mit unseren Glaubensbrüdern aus den verschiedensten Ländern stärkte und erfreute uns. Es war trotzdem eine wunderschöne Zeit. Unsere Kinder entbehrten nichts.

Eines Tages erhielt Heinz vom Ministerium einen Antrag für ein Lehramt an der Fachschule für Angewandte Kunst in Schneeberg/Erzgebirge.

Wusste man dort noch nichts von seiner Einstellung als Christ?

Ein Dozent der Kunstschule fiel wegen Krankheit aus dem Lehrkörper aus und so kam der

Rektor auf ihn und fragte an, ob er dafür einspringen würde. So unterrichtete Heinz ab Mitte September 1963 an der Kunstschule Schneeberg die Studenten, die drei Tage einer Woche in Anspruch nahm und ihm dennoch genügend Zeit für seine Malerei bot.

Bald aber erfuhr der Rektor der Schule von seiner Nichtbeteiligung an Wahlen, die im Jahr 1963 stattfanden. Damit waren die Schwierigkeiten wieder da. Der Direktor, Helmut Lange, war in Mann vom Zentralkomitee, ein linientreuer Genosse. Er konnte sich mit Heinz keine derartigen Probleme leisten, geschweige denn ihn decken oder darüber hinwegsehen.

Eines Morgens kam es zu einer Auseinandersetzung in der Kunstschule. Heinz blieb bei seiner Haltung. Von da ab war es für ihn wie Spießrutenlaufen.

Mit der Rückkehr des Kollegen verlor Heinz wieder seine Anstellung und war daher ab 1964 wieder freischaffend, und ab da nahmen unsere finanziellen Probleme auch wieder zu. Ich strickte und schneiderte für unsere Kinder alles selber. Ab und zu hatte ich Gelegenheit, unsere Haushaltskasse durch etwas Heimarbeit aufzubessern. Erst 1968 erhielt ich eine feste Halbtagsanstellung. Dadurch waren wir die dringendsten Geldsorgen los. Der Bilder-Verkauf war mäßig, da Heinz' Bilder nicht auf den Publikumsgeschmack abgestimmt waren.

Auch unseren Kindern wurden Stolpersteine in den Weg gelegt. Als sich unsere Tochter, Gabriele, nach ihrer Schulzeit um eine Lehrstelle bemühte, war es die fehlende Parteizugehörigkeit. Sie hatte ein sehr gutes zeichnerisches Talent. Heinz bemühte sich um eine Studienmöglichkeit unserer Tochter an der Schule für Angewandte Kunst an der Burg Giebichenstein bei Halle. Vergeblich, da auch hier ihre fehlende politische Tätigkeit bemängelt wurde. So ergab sich dann, dass im „Konsum" der Kreisstadt eine Stelle als Gebrauchswerber frei wurde. Zu dieser Ausbildung musste sie parallel die Fachschule in Chemnitz besuchen. Ihre zeichnerische Begabung konnte sie hier verwirklichen und nach zwei Jahren Ausbildung in diesem Beruf eine Anstellung bekommen.

Für unseren Sohn Matthias begannen die Probleme als seine Einberufung zum Militärdienst bevorstand. Auf Grund seiner Erziehung als Christ war er sich bewusst, dass er diesen Dienst verweigern musste.

Matthias wurde im Mai 1978 zu 24 Monaten Zuchthaus verurteilt.

Wegen einer Amnestie kam er zwar fünf Monate früher frei, allerdings mit einer dreijährigen Bewährungsfrist. Das bedeutete, dass er das Land nicht verlassen durfte.

Er verlor seine Arbeitsstelle, da für ihn in einem sozialistischen Betrieb kein Platz mehr war. Er kam in einer kleinen Bauschlosserei im Nachbarort unter.

In die Bewährungszeit unseres Sohnes fiel auch die Möglichkeit, an einem Gedenktag in Auschwitz teilnehmen zu können.

Das war 1980.

Mir wurde die Einreise verweigert.

Am 29. Februar 1984 verließ unser Sohn mit seiner Frau, Karin, die DDR.

Wir begleiteten sie per Taxi bis nach Leipzig zum Hauptbahnhof. Dort sahen wir eine sehr große Anzahl „Übersiedler".

Der Abschied fiel uns sehr schwer.

Zurückgekehrt fühlten wir uns in unserem Haus sehr verlassen. Die beiden hatten bei uns gewohnt, da sie, wie schon im Fall unserer Tochter, nur unzumutbaren Wohnraum angeboten bekommen hatten. Es war zwar eng, aber diese Einschränkung hatten wir gerne hingenommen.

Über all die Jahre, ständig kleinere und größere Schikanen.

Dazu gehörte auch, dass mir, obwohl ich ja nun inzwischen Rentnerin war und eigentlich hätte reisen dürfen, eine Ausreise immer wieder verwehrt wurde. Erst als ich 65 Jahre alt war, durfte ich das erste Mal ausreisen.

In den späteren achtziger Jahren gab es auch für Heinz ab und zu einen Lichtblick. Der Staatliche Kunsthandel, der über die Grenze ging, war auf seine Arbeiten aufmerksam geworden. Das war für den Staat eine gute Einnahmequelle. Sie kauften bei meinem Mann für Ostgeld Arbeiten an und verkauften nach dem Westen für die bessere Mark. Besonders waren seine Aquarelle begehrte Objekte für Sammler und Liebhaber. Und er wurde dadurch weiter bekannt.

In dieser Zeit war auch eine Lockerung in der Kulturpolitik zu spüren. Heinz konnte erstmalig größere Ausstellungen in Museen und Galerien durchführen.

Und mehr noch. Man verlieh ihm 1987 zum zweiten Mal den Max-Pechstein-Preis.

So konnten wir schon ein wenig aufatmen. Dass wir uns nicht mehr um das Tägliche sorgen mussten.

1989.

Das Ende war zu spüren.

Es lag irgendwie in der Luft.

Doch was?

Und dann ging alles so schnell. So plötzlich.

Aus und vorbei: 40 Jahre 'Rote Ära'.

Für uns war es natürlich vor allem in geistiger Hinsicht eine Befreiung.

Keine Vorsichtsmaßnahmen mehr bei Versammlungen.

Originalliteratur und keine Abschriften mehr.

Und wir konnten ohne Vorsicht dem Auftrag Jesus Christus nachkommen: „Und diese gute Botschaft von Gottes Königreich wird auf der ganzen bewohnten Erde gepredigt werden, allen Nationen zu einem Zeugnis."

Unser Gott kann uns Kraft geben, die über das Normale hinausgeht.

Bilderfolge
von Heinz Tetzner

Tafel 1:
Auschwitz oder Zum Appell,
ca. 1948

Tafel 2:
Laura oder Im KZ,
ca. 1948

38

Tafel 3: Hockende I, 1948

Tafel 4:
Frierende,
ca. 1948

40

Tafel 5:
Trauernde,
1948

Tafel 6:
Schmerz,
1948

Tafel 7:
Kniende,
ca. 1948

43

Tafel 8:
Keine Zukunft,
1950er Jahre

44

Tafel 9:
Bibelleserin,
Ende der 1970er Jahre

Tafel 10:
Alles verloren,
1980

Tafel 11:
Selbst,
1980er Jahre

Tafel 12:
Der Weg,
1990

48

Tafel 13:
Vergewaltigt,
1990

49

Tafel 14:
Gequält, gefoltert,
Anfang der 1990er Jahre

50

Tafel 15:
Häftlinge im Lager,
ca. 2000

51

Tafel 16:
Im Lager,
ca. 2000

52

Tafel 17: In Erwartung, 2001

Tafel 18:
Sich Bückender, Gebückter
oder Gebeugter,
ca. 2002

54

Tafel 19:
Mutter mit totem Kind,
ca. 2003

Tafel 20:
Zyklon B,
ca. 2003

56

Vier und Vierzig – Verfolgung und Widerstand der Zeugen Jehovas im Nationalsozialismus und in der DDR

von Hans Hesse

„Zwischen Geschichte und Erinnerung gibt es für uns alle eine Grauzone, eine Grauzone zwischen einer Vergangenheit, wie sie als wissenschaftlich gesicherter Bericht jeder leidenschaftslosen Überprüfung offen steht, und einer Vergangenheit, die Teil oder Hintergrund des eigenen Lebens ist."[1]

„,Gewöhnliche Erinnerung tendiert immer dazu, Kohärenz, Schlüssigkeit und nach Möglichkeit eine versöhnliche Haltung zu entwickeln', während ,tiefe Erinnerung' immer unaussprechbar und undarstellbar bleibt – etwas, das als unbewältigtes Trauma sich dauerhaft jeder Sinngebung entzieht."[2]

Beiläufig kam diese Idee. Als Titelvorschlag. Vier und Vierzig. Vier Jahre NS-Konzentrationslager, 40 Jahre DDR, assoziierte Heinz Tetzner, würden sich dahinter verbergen. In beiden deutschen Diktaturen verfolgt. Doppelverfolgt.[3]

Dieses Schicksal teilte Charlotte Tetzner mit mindestens 500 ihrer Glaubensgeschwister.[4] Im Falle der Religionsgemeinschaft der Zeugen Jehovas ist es zunächst einmal eine historische Tatsache, dass sie als vermutlich einzige geschlossene Opfergruppe sowohl im Nationalsozialismus als auch in der DDR verfolgt wurden und Wi-

Abb. 2: Heinz Tetzner, 1950er Jahre. Quelle: privat.

derstand leisteten.[5] Dadurch ist die Beschäftigung mit dieser Opfergruppe von hohem wissenschaftlichem Interesse. Bietet sie doch die Möglichkeit eines Diktatur(en)vergleichs, der quasi ein Nebenprodukt der Beschreibung dieser speziellen Diktaturerfahrung dieser Religionsgemeinschaft darstellt. Es gibt keinen vernünftigen Grund, etwa Charlotte Tetzners Verfolgungserfahrungen lediglich auf eine Zeitperiode (1933–1945 versus 1949–1989)

Abb. 1: Charlotte Tetzner, 1937/38. Quelle: privat.

beschränken zu wollen und ihre Biografie mit der NS-Zeit abschließen und mit der DDR neu beginnen zu lassen.

Auch die Frage, ob das Verhalten der Zeugen Jehovas in beiden Diktaturen als Widerstand bezeichnet werden kann, ist von großem wissenschaftlichem Interesse und wird in der Forschung durchaus kontrovers – für die NS-Zeit gilt dies nur mit Abstrichen – diskutiert. Beide Themenkomplexe – Diktaturvergleich und Widerstand – sollen im vorliegenden Aufsatz eingehender behandelt werden. Zuvor jedoch soll auf die Geschichte der Zeugen Jehovas in den beiden deutschen Diktaturen eingegangen werden.

Verfolgung und Widerstand der Zeugen Jehovas im Nationalsozialismus

Als Charlotte Tetzner 1941 sich im Frauenkonzentrationslager Ravensbrück den Zeugen Jehovas zuwandte, waren die Anhänger dieser Religionsgemeinschaft bereits langjährigen Verfolgungen ausgesetzt, denen sie sich widersetzten. Aber die NS-Verfolgung und der Widerstand der Zeugen Jehovas oder „Bibelforscher" bzw. „Ernsten Bibelforscher", wie sich diese religiöse Gemeinschaft vor 1931 selbst bezeichnete, hatte eine Vorgeschichte. Diese setzte weit vor dem Beginn der nationalsozialistischen Herrschaft in Deutschland ein. Bereits gegen Ende des Ersten Weltkrieges verweigerten die ersten Mitglieder dieser Religionsgemeinschaft den Kriegsdienst, da er

dem biblischen Tötungsverbot widersprach und sie beschlossen hatten, sich künftig jeglicher politischer Betätigung zu enthalten. Die Kriegsdienstverweigerer waren zwar noch nicht, wie unter dem nationalsozialistischen Regime, von der Todesstrafe bedroht, doch auch sie hatten Verfolgungsmaßnahmen zu befürchten. Einige von ihnen wurden zu Haftstrafen verurteilt, andere wurden in Heilanstalten eingewiesen, da Gutachter bei ihnen einen vermeintlichen „religiösen Wahn" diagnostiziert hatten.[6]

Seit diesen ersten Maßnahmen unterstanden sie der besonderen Beobachtung staatlicher Behörden. Bei der Überwachung dieser „staatsfeindlichen Sekte" arbeiteten die staatlichen Instanzen eng mit kirchlichen Stellen zusammen. Die beiden etablierten Kirchen hatten bereits seit einigen Jahren religiöse Auseinandersetzungen mit dieser Religionsgemeinschaft und empfahlen von daher „nach Möglichkeit gegen sie einzuschreiten".[7]

Unterstützt wurden diese Bemühungen aus „national" und „völkisch" gesonnenen Kreisen. So unterstellte ihnen beispielsweise der NS-Ideologe Alfred Rosenberg 1923, gemeinsam mit den Juden eine „Jüdische Weltherrschaft" vorzubereiten.[8] In gleicher Weise argumentierten die überzeugten Antisemiten Dietrich Eckard[9] und August Fetz.[10] August Fetz ging sogar so weit, sie mit verschiedenen Feindbildern der nationalsozialistischen Propaganda in Verbindung zu bringen. Er sah in ihren Zielen eine Über-

einstimmung mit den Absichten des „internationalen Talmudjudentums", der „internationalen Freimaurerei", der „internationalen Sozialdemokratie" und des „russischen Bolschewismus", die allesamt eine unumschränkte Herrschaft und Versklavung der Welt anstrebten.[11]

Die ablehnende Haltung der Kirchen gegenüber den Zeugen Jehovas resultierte aus einem Streit, der 1917 begonnen hatte. Joseph Franklin Rutherford, der damalige Leiter der Zeugen Jehovas, hatte ab diesem Zeitpunkt mit einer verstärkten Polemik gegen die Kirchen begonnen, in denen er Instrumente des Satans sah.[12] Die beiden etablierten christlichen Konfessionen antworteten auf seine Vorwürfe mit Gegenveranstaltungen und Vortragsreihen, in denen auf die drohende „Sektengefahr" hingewiesen wurde.[13] Im Zuge dieser Auseinandersetzungen gründeten sich auf evangelischer Seite 1921 die „Apologetische Centrale" und auf katholischer Seite die „Apologetische Abteilung" unter Konrad Algermissen.[14] Sie sind die direkten Vorläufer der heutigen zum Beispiel „Evangelischen Zentralstelle für Weltanschauungsfragen", die sich mit der „Sektenabwehr" beschäftigt. Diese beiden Einrichtungen organisierten und koordinierten den „Abwehrkampf" gegen die „Bibelforscher".

Die in nationalistischen Kreisen geprägten Feindbilder fanden sich auch in den Argumentationsmustern katholischer und evangelischer Kirchenvertreter wieder, die sie in gleicher pauschalisierender Weise gegen ihre Gegner einsetzten. So beschuldigte sie der Generalsekretär des Evangelischen Bundes, Paul Braeunlich, von den Bolschewisten finanziert zu sein und fürchtete durch sie die „Aufrichtung eines gottlosen ‚Sowjetregimes‘".[15] Der Theologieprofessor Friedrich Loofs sah in ihnen ein „amerikanisches Gewächs", welches „dem nationalen Empfinden abträglich" sei.[16] Der katholische Autor Fritz Schlegel bezeichnete sie gar als „Bolschewisten-Klub" und „Stoßtrupp" des „internationalen Judentums".[17] Insgesamt brachten die kirchlichen Gegner kaum neue Argumente in ihrem „Abwehrkampf" hervor. Sie nutzten vorhandene Vorurteile, und behaupteten, dass die „Bibelforscher" eine Gefahr für den Fortbestand von Staat und Kirche seien.

Mit der Machtübergabe an die Nationalsozialisten zu Beginn des Jahres 1933 erwuchs sowohl aus der nationalistisch-völkischen als auch der kirchlichen Propaganda eine ernstzunehmende Bedrohung für den Fortbestand dieser religiösen Vereinigung. Allein ihr Name „Internationale Bibelforscher Vereinigung" galt den neuen Machthabern bereits als Indiz für eine kommunistische Ausrichtung.[18] Hinzu kam, dass sie öffentlich den Militärdienst ablehnten und auf die Beilegung politischer und sozialer Missstände drängten.

Die gegen die Zeugen Jehovas gerichteten Anfeindungen führten in der Anfangszeit zu verschiedenen Versuchen der Vereinigung, sich mit den Machthabern zu arrangieren, um den Fortbestand der Organisation in Deutschland zu ermöglichen.[19] Ihre internationale Einstellung wurde so beispielsweise mit dem Argument verteidigt, dass Jehova nicht an nationale Grenzen gebunden sei und seine Botschaft sich an alle Menschen richte, unerheblich, ob „Deutscher, Franzose, Jude, Christ, Freier oder Sklave."[20] Diese religiös motivierte Offenheit wurde von ihren Gegnern mit vermeintlich politischen Zielsetzungen der Religionsgemeinschaft verknüpft und gegen sie propagandistisch verwendet, da das Eintreten für die Gleichheit aller Menschen nicht mit den rassistischen Vorstellungen der nationalsozialistischen Ideologie vereinbar waren.

Es soll an dieser Stelle indessen betont werden, dass die Gegnerschaft der Zeugen Jehovas gegen den Nationalsozialismus in dieser Phase mehr ein Reagieren statt eines Agierens war, wie es die Religionsgemeinschaft spätestens seit dem Kongress in Basel 1934 praktizierte. Überspitzt formuliert könnte gesagt werden, dass sie schneller verboten wurden als sie Zeit hatten, ihre Gegnerschaft zu organisieren. Andererseits verwundert auch die schnelle und heftige Gegnerschaft auf Seiten der NS-Machthaber trotz aller bisher aufgeführten Argumente und stellt automatisch die Frage nach weiteren an einem Verbot der Zeugen Jehovas interessierten Gruppen. Garbe verweist dabei sehr deutlich auf die Rolle und die Partnerschaft der Großkirchen mit den NS-Machthabern: „Bei der ‚Bekämpfung' der Bibelforscher bestand eine Gemeinsamkeit, die auch nach dem 30. Januar 1933 einen Mosaikstein auf dem Weg des Ausgleichs bilden sollte."[21] Dieses „Einvernehmen zwischen Staat und Kirchen"[22] im Hinblick auf das Verbot der Zeugen Jehovas findet seinen deutlichsten Ausdruck in der ‚Begründung' des reichsweiten Verbots vom 1. April 1935, in dem zu lesen war, dass „die Internationale Bibelforscher-Vereinigung [...] in Wort und Schrift [...] eine unverkennbare Hetze gegen die *staatlichen* und *kirchlichen* [Hvhbg. d. d. A.] Einrichtungen"[23] betreibe. Damit untergrabe sie die „Grundpfeiler völkischen Gemeinschaftslebens",[24] zu dem zum damaligen Zeitpunkt die NS-Machthaber auch die Großkirchen zählten. Auch das Zustandekommen des reichsweiten Verbots gelang unter Beteiligung der beiden Kirchen, womit ihnen eine nicht unerhebliche Mitschuld an den späteren Folgen für die betroffenen Menschen zukommt.

Zunächst erfolgten regionale Verbote: im April 1933 in Mecklenburg-Schwerin, Bayern, Sachsen und Hessen.[25] Als Grundlage für die Verbote wurde die auch als „Reichstagsbrandverordnung" bezeichnete Notverordnung vom 28. Februar 1933 angeführt. Hinzu kam am 24. April eine erste Besetzung des Hauptbüros der deutschen Zeugen Jehovas in Magdeburg, bei der das Büro und die Druckerei durchsucht wurden. Es wurde Tätigkeitsverbot verhängt und Festnahmen vorgenommen sowie das vorgefundene Material beschlagnahmt.[26]

Mit Hilfe eines Memorandums, das sie am 26. April 1933 beim Reichskanzler einreichten, versuchte die Leitung der Zeugen Jehovas die Rücknahme der Schließung ihres Büros zu erreichen. In diesem Schriftstück versicherte sie, dass nur deutsche Staatsbürger in ihrer Vereinigung vertreten seien. Darüber hinaus unternahm sie den Versuch, die Behörden vom unpolitischen Charakter ihrer Organisation zu überzeugen: „Wie sich aus Vorstehendem [...] ergibt, ist die Vereinigung völlig unpolitisch und lehnt insbesondere den Kommunismus als ungöttlich und staatsgefährlich ab."[27] Doch auch dies half nicht weiter. Zwar wurde kurzfristig das Magdeburger Büro aufgrund einer Eingabe der Brooklyner Zentrale der Zeugen Jehovas bei der amerikanischen Regierung wieder frei gegeben,[28] doch es folgten bald darauf erneute Verbote in den Ländern Baden, Lippe und Thüringen, Oldenburg sowie Braunschweig.[29] Diese Entwicklung setzte sich soweit fort, bis Mitte Juni die Vereinigung der Zeugen Jehovas in fast allen Ländern, außer Preußen, verboten war.[30]

Auch in Preußen wurde nach verschiedenen vergeblichen Versuchen, das Zentralbüro in Magdeburg zu schließen, danach gesucht, eine endgültige Lösung des „Bibelforscherproblems" zu finden. Hierfür wurde ein Koordinierungstreffen im Polizeipräsidium in Berlin zum 29. Mai 1933 ein-

berufen. Auf Einladung des Preußischen Ministers für Wissenschaft, Kunst und Volksbildung erschienen Vertreter des Reichsinnenministeriums, des Preußischen Justizministeriums, des Auswärtigen Amtes, des Gestapa (Geheimes Staats- und Polizeiamt Berlin), sowie kirchliche Vertreter aus dem Erzbischöflichen Ordinariat Breslau, des Bischöflichen Ordinariats Berlin sowie aus dem Evangelischen Oberkirchenrat und der Apologetischen Centrale.[31] Diese Teilnehmer spiegelten gleichsam die in der deutschen Gesellschaft den Zeugen Jehovas am feindlichsten gesonnenen Kräfte wider. Von den anwesenden Funktionären wurden entsprechend der von ihnen vertretenen Institutionen die politischen, rechtlichen und gesellschaftlich-religiösen Bedenken gegen die Zeugen Jehovas zusammengetragen und ein Verfahrensweg erarbeitet, der das Verbot der Zeugen Jehovas zum Ziel hatte. Am 24. Juni 1933 erließ der Preußische Minister des Innern ein Verbot der Vereinigung.[32]

Trotz der geringen Erfolgsaussichten, unternahm die deutsche Vertretung der Zeugen Jehovas einen letzten Versuch, die Zerschlagung ihrer Religionsgemeinschaft aufzuhalten. Auf einem Deligiertenkongress in einer Sporthalle in Berlin-Wilmersdorf verabschiedeten die Teilnehmer eine Erklärung, die dem Reichskanzler und hohen Regierungsbeamten zugesandt wurde.[33] In dieser „Wilmersdorfer Erklärung" bekannten sich die Zeugen Jehovas zur Loyalität gegenüber dem

Staat, wodurch sie aufs Neue eine Rücknahme der Verbote erhofften.[34] Nach längeren Verhandlungen zwischen der amerikanischen und der deutschen Regierung wurde das Verbot gelockert, da die Beschlagnahme des Eigentums der deutschen Zweiggesellschaft der Zeugen Jehovas einen Bruch des zwischen dem Deutschen Reich und den USA abgeschlossenen Freundschafts-, Handels- und Konsularvertrags bedeutet hätte.[35] Doch die Verfolgung von Angehörigen der Zeugen Jehovas ging weiter, so dass auf einem Kongress in Basel vom 7. bis 9. September 1934, an dem auch ca. 1.000 Zeugen Jehovas aus Deutschland teilnahmen, das Scheitern der Vermittlungsversuche erklärt wurde. Zugleich wurde dazu aufgerufen, die Missions- und Propagandatätigkeit uneingeschränkt wieder aufzunehmen und mit dem Aufbau einer illegalen Organisation zu beginnen.[36] Der deutsche Zweig der Vereinigung der Zeugen Jehovas wurde zu diesem Zweck neu organisiert, in dem er in kleinere Einheiten aufgeteilt wurde.[37] In einer Erklärung an die Reichsregierung erläuterten sie ihre Haltung: „Wenn Ihre Regierung oder Ihre Regierungsbeamten uns Gewalt antun, weil wir Gott gehorchen, so wird unser Blut auf Ihrem Haupte sein und sie werden Gott, dem Allmächtigen, Rechenschaft ablegen müssen."[38] Diese Erklärung wurde an einen Großteil der Versammlungen der Zeugen Jehovas und an den Reichskanzler Adolf Hitler geschickt.[39] Des Weiteren gingen am

7. Oktober 1934 in der Präsidialkanzlei zahlreiche Protesttelegramme ein.[40]

Im Anschluss des Kongresses in Basel nahmen die Zeugen Jehovas im Herbst 1934 die zuvor aus Rücksicht gegenüber den Verhandlungen um Aufhebung bzw. Lockerung der Verbotsverfügungen eingeschränkte Missionsarbeit wieder auf, wodurch sie die verstärkte Aufmerksamkeit der Verfolgungsbehörden auf sich zogen. In einem Polizeibericht vom 4. November 1934 liest sich dies folgendermaßen: „Die Tätigkeit der verbotenen ‚Internationalen Bibelforscher' nimmt hier in letzter Zeit erheblich zu. Es mehren sich die Fälle, in denen Frauen und Männer von Haus zu Haus gehen und die Bevölkerung im Sinne ihrer religiösen Auffassung zu belehren versuchen."[41]

Die häufig missglückte Umsetzung von Verbotsverfügungen gegen die Zeugen Jehovas war neben internationalen Rücksichten auch auf das Fehlen einer reichsweiten Regelung zurückzuführen.[42] Dieses führte zu Bestrebungen, ein „Reichsverbot" auf höchster Regierungsebene zu erwirken, um künftig die immer wieder aufgetretenen Unsicherheiten seitens verschiedener Behörden zu beenden. Dieses reichsweite Verbot wurde schließlich am 1. April 1935 per Erlass des Reichs- und Preußischen Ministers des Innern ausgesprochen. Die Wachtturm und Traktat-Gesellschaft in Magdeburg wurde endgültig aufgelöst. Mit einem Runderlass derselben Behörde wurden die Landesregierungen am 13. Juli

angewiesen, die Beschlagnahme des Vermögens der Vereinigung durchzuführen.[43]

Zu ersten gravierenden Konflikten kam es anlässlich der Reichstagswahlen vom 5. März 1933, als viele Anhänger und Anhängerinnen ihrer Vereinigung die Teilnahme an den Wahlen verweigerten.[44] Dieses Verhalten leitete sich aus ihrem religiösen Selbstverständnis ab. Bereits seit Beginn der zwanziger Jahre sahen sie sich als Bürger und Bürgerinnen eines bislang auf der Erde noch nicht sichtbar manifestierten Gottesreiches und lehnten von daher jegliche politische Betätigung im Rahmen der irdischen Nationen ab.

War diese Wahlenthaltung zur Zeit der Weimarer Republik noch problemlos zu praktizieren, so wandelte sich dies im Frühjahr 1933. Durch gezielte Maßnahmen der SA und anderer Formationen der NSDAP sollte die gesamte wahlberechtigte Bevölkerung Deutschlands erfasst und zur Wahl bewegt werden, um der neuen Regierung die plebiszitäre Legitimation zu verschaffen. Viele Zeugen und Zeuginnen Jehovas blieben dieser und den folgenden Wahlen fern. Die staatlichen Organe legten dieses Verhalten als „staatsgefährlich" aus und schritten nicht ein, als es zu öffentlichen Demütigungen und Misshandlungen von Männern und Frauen der „Bibelforscher" durch Angehörige der Parteiorganisationen kam.[45]

In ähnlicher Weise lehnten die Zeugen Jehovas den Personenkult um Adolf Hitler als gottgleichen „Führer"

Deutschlands als blasphemische Handlung ab. Für sie kam der Ausspruch des so genannten Deutschen Grußes „Heil Hitler" einer Leugnung ihrer religiösen Überzeugungen gleich. Für diese Haltung hatten die Nationalsozialisten natürlich keinerlei Verständnis, war doch dieser „Deutsche Gruß" bewusst als Instrument der permanenten öffentlichen Gewissenskontrolle und als Bekenntnisritual zum NS-Staat eingeführt worden.[46] Die Grußverweigerung der Zeugen Jehovas führte so bereits 1933 zu Festnahmen und willkürlichen Misshandlungen durch SA und Staatspolizei.[47]

Aus der gleichen Motivation lehnten die Zeugen Jehovas die Beflaggung ihrer Häuser zu Staatsfeierlichkeiten mit Hakenkreuzfahnen ab.[48] Hierdurch wurde besonders in kleineren Orten rasch bekannt, wo die, wie es im Jargon der Machthaber hieß, „Bibelforscherfamilien" wohnten. Desgleichen lehnten die Zeugen Jehovas die Mitgliedschaft in den zahlreichen NS-Massenorganisationen ab, durch welche die Bevölkerung nach Vorstellung der nationalsozialistischen Ideologen zu einer „Volksgemeinschaft" zusammenwachsen sollte. Sie waren nicht in der Partei, schickten ihre Kinder nicht in die „Hitlerjugend",[49] traten nicht der „NS-Volkswohlfahrt" (NSV)[50] oder dem „Reichsluftschutzbund"[51] bei und lehnten die Mitgliedschaft in der „Deutschen Arbeitsfront" (DAF)[52] ab. Besonders ihre Weigerung, der „Deutschen Arbeitsfront" beizutreten, führte sehr früh zu schwerwiegenden

Folgen für Zeugen Jehovas und ihre Familien. Die Mitgliedschaft zur DAF, der nationalsozialistischen Nachfolgeorganisation der Gewerkschaften, wurde praktisch zu einer Grundvoraussetzung jeder gewerblichen Tätigkeit – wer ihr nicht beitrat, verlor in der Regel den Arbeitsplatz und damit seine finanzielle Grundlage.[53]

Neben diesen vielfältigen Verweigerungsformen gingen die Zeugen Jehovas ab Mitte 1936 zum offenen Angriff auf den nationalsozialistischen Staat über, doch nicht mit physischer Gewalt, sondern mit dem ihnen vertrautem Mittel – der Schrift. Auf einem internationalen Kongress im Herbst 1936 in Luzern, an dem auch ca. 300 Zeugen Jehovas aus Deutschland teilnahmen,[54] wurde eine „Resolution" verabschiedet, welche auf die Verfolgung von Zeugen Jehovas in Deutschland hinweisen sollte und Adolf Hitler als unmittelbar Verantwortlichen anprangerte.[55] Diese Schrift wurde in großer Auflage gedruckt und an Regierungs-, Behörden und Kirchenvertreter verschickt, sowie in reichsweit organisierten Verteilaktionen Ende 1936 und im Frühjahr 1937 unter die Bevölkerung gebracht.[56]

In einer ähnlichen Aktion verteilten die Zeugen Jehovas in der ersten Hälfte des Jahres 1937 eine Aufklärungsschrift, die unter dem Titel „Offener Brief" bekannt wurde.[57] Diese Darstellung war in Bern aus Augenzeugenberichten von Misshandlungen an Zeugen und Zeuginnen Jehovas zusammengestellt worden. Sie schilderten

ihre Verfolgungssituation und bekräftigten die Absicht, sich von den gegen sie gerichteten Maßnahmen nicht einschüchtern zu lassen.

Nachdem die Zeugen Jehovas durch ihre breite Verweigerungshaltung, ihren offen propagierten Pazifismus und die Verbreitung antinationalistischer Schriften den NS-Staat in seinen Grundelementen infrage gestellt hatten, wurden entschiedene Maßnahmen gegen sie ergriffen. Noch im Sommer 1936 wurde innerhalb der Gestapo ein eigenes Sonderkommando zur Bekämpfung der „Bibelforscher" eingerichtet und im August desselben Jahres mit Massenverhaftungen begonnen.[58] In sehr kurzer Zeit gelang es der Gestapo, die Strukturen des Widerstandes zu zerschlagen.

Mit Beginn des Zweiten Weltkriegs verschärfte sich die Verfolgung erneut,

insbesondere, weil die männlichen Zeugen Jehovas den Kriegsdienst an der Waffe verweigerten. Die Folgen dieser Kriegsdienstverweigerungen waren erschreckend: im ersten Kriegsjahr wurden 1.087 Verfahren wegen „Zersetzung der Wehrkraft" angestrengt. 14% (152) dieser Verfahren betrafen Zeugen Jehovas. Insgesamt ergingen 117 Todesurteile wegen „Wehrkraftzersetzung", wovon allein 112 (= 95,7%) gegen Zeugen Jehovas verhängt wurden.[59] Für nahezu 75% aller angeklagten Zeugen Jehovas endete das Verfahren mit der Todesstrafe. In den folgenden Jahren sank die Anzahl der wegen „Zersetzung der Wehrkraft" angeklagten Personen stark ab (mit ihr auch die Zahl der Todesurteile). Insgesamt wurden über 250 österreichische und deutsche Zeugen Jehovas während des Zweiten Weltkrieges zum Tode verur-

Abb. 3: Familie Decker (v.l. Mutter, Charlotte, Vater) 1941, wenige Tage vor der Verhaftung. Quelle: privat.

teilt und hingerichtet. Garbe resümiert: „Damit stellten die Zeugen Jehovas unter den im Dritten Reich von der Wehrmachtsjustiz abgeurteilten Kriegsdienstverweigerern – deren Anzahl verglichen mit anderen Entzugsdelikten (Fahnenflucht, ‚Selbstverstümmelung‘ etc.) insgesamt gering war – die weitaus meisten Opfer."[60]

Der erste von ihnen, August Dickmann, wurde am 15. September 1939 im KZ Sachsenhausen erschossen.[61] Die Hinrichtung geht zurück auf einen geheimen Runderlass des Chefs der Sicherheitspolizei, Reinhard Heydrich, demzufolge „jeder Versuch, die Geschlossenheit und den Kampfwillen des deutschen Volkes zu zersetzen, [...] rücksichtslos zu unterdrücken" sei.[62] Das KZ Sachsenhausen diente hierbei der Gestapo als Exekutionsort, an dem nun die Vorbereitungen für die erste öffentliche Hinrichtung getroffen wurden. Am 15. September 1939 sollten die Häftlinge des KZ nach dem Abendappell nicht abtreten, sondern Zeuge dieser Ermordung sein. Den Zeugen Jehovas wurde befohlen heraus zu treten. Sodann wurde der gefesselte 39jährige Zeuge Jehovas August Dickmann aus dem Zellenbau auf den Platz gezerrt. Seine Frau hatte ihm seinen Wehrpass ins Lager nachgesandt. Die Gestapo befragte ihn daraufhin, ob er sich zur Wehrdienstleistung bereit erkläre, was Dickmann verneinte. Nunmehr, nachdem er mehrere Tage in Einzelhaft verbracht hatte, sollte an ihm ein „Exempel" statuiert werden. Über die Lautsprecher-

anlage des KZ verkündete der Lagerkommandant, dass Dickmann auf Befehl des Reichsführer-SS wegen Wehrdienstverweigerung hinzurichten sei. Unmittelbar danach wurde er erschossen. Seine Leiche musste von vier Glaubensbrüdern, darunter der Bruder[63] des Hingerichteten, in einen bereitgestellten Sarg gelegt werden. Während die übrigen Häftlinge abtreten durften, verblieben die Zeugen Jehovas

Abb. 4: Der Vater von Charlotte Tetzner, Anton Decker in seiner Jugend mit seiner Mutter. Quelle: privat.

auf dem Appellplatz. In einer Ansprache des Lagerkommandanten wurde ihnen angekündigt, dass sie dasselbe Schicksal zu erleiden hätten, wenn sie nicht die „Verpflichtungserklärung" unterschrieben und ihre Wehrdienstverweigerung aufgäben. Doch trotz des erhofften Erfolges traten stattdessen zwei Zeugen Jehovas vor, um ihre vor längerer Zeit erfolgten Unterschriften unten die „Verpflichtungserklärung" wieder zurückzuziehen.[64] Die Exempelstatuierung – die in gewisser Hinsicht eine Fortsetzung im FKL Ravensbrück fand – war damit gescheitert. Mithäftlinge, die die Zeugen Jehovas zuvor oftmals belächelt hatten, äußerten sich mit Anerkennung über August Dickmann, der für seine Überzeugung in den Tod gegangen war.[65]

Die Nachricht von seiner Hinrichtung wurde weltweit veröffentlicht. Erst seit 1999 erinnert eine Gedenktafel auf dem Gelände des ehemaligen KZ Sachsenhausen an diese Hinrichtung.

Frauenkonzentrationslager Ravensbrück

Auch in den Konzentrationslagern waren sie härtesten Verfolgungen ausgesetzt.[66] Stigmatisiert mit einem eigenen, lilafarbenen Häftlingswinkel bildeten sie eine gesonderte Häftlingsgruppe. Terrorisiert, schikaniert und beschimpft z.B. als „Bibelwürmer" galten sie auf Grund des ideologischen Gegensatzes als „besonderes Hassobjekt der SS".[67]

In den ‚Männer'-KZ stellten sie 5–10% der Häftlinge,[68] während der Anteil der Zeuginnen Jehovas in den Frauenkonzentrationslagern bis zum Kriegsausbruch 1939 auf bis zu 40% anstieg.[69] Im Frauenkonzentrationslager Ravensbrück kam es am 19. Dezember 1939 zu einer Auseinandersetzung zwischen den Zeuginnen Jehovas und der Lagerleitung, auf die gesondert eingegangen werden soll.[70] An diesem Tag verweigerten die Häftlinge mit dem lila Winkel in dem KZ nahezu komplett die von der Lagerleitung befohlene Herstellung von – vermutlich – Pistolentäschen für die Wehrmacht mit dem Hinweis, dass sie sich an keinen Arbeiten oder Handlungen, die einen Krieg unterstützen, beteiligen werden. Diese Kriegsdienstverweigerung der Frauen,[71] die zu diesem Zeitpunkt im FKL Ravensbrück nahezu 40% aller Häftlinge ausmachten, führte zu einer dreimonatigen Bestrafungsaktion seitens der Lagerleitung, die darin eine Provokation und Nichtachtung ihrer Autorität sah.[72] Im Frühjahr 1940 wurden die Zeuginnen Jehovas wegen der Folgen dieser Bestrafungen als „Friedhofskompanie" bezeichnet.[73]

In der Folgezeit spaltete sich die Häftlingsgruppe in unterschiedliche Fraktionen.[74] Laut Berichten soll es vier Gruppen gegeben haben. Die radikalste unter ihnen wurde „Extreme" genannt.[75] Zu ihnen gehörte auch Charlotte Tetzner eine Weile. Diese Gruppe lehnte schließlich nahezu alles ab: Sie verweigerte Pakete und Briefe, vergrub Geld, sie verweigerte das Ap-

Abb. 5: Anton Decker in den 1930er Jahren. Quelle: privat.

pellstehen. Letzteres mit der Begründung, dass es sich um eine Art Militärdienst handele, den sie ablehnte. Zum Teil an den Haaren wurden diese Frauen zum Appellstehen aus den Blöcken gezogen.[76] Die Frauen erhielten schwere Prügelstrafen oder wurden in einem Strafblock isoliert. Das bedeutete Essensentzug, keine Strohsäcke zum Schlafen, ebenso gab es keine Fenster in der Baracke. Da diese Frauen auf Grund dieser Strafen sehr geschwächt waren, gab es unter ihnen die meisten Todesopfer. Von ca. 600 deutschen Zeuginnen Jehovas, die in Ravensbrück inhaftiert waren, starben ca. 50. Werden die Zeuginnen Jehovas anderer Nationalitäten mit einbezogen, steigt die Zahl auf 150, wobei es besonders viele Todesopfer unter den Österreicherinnen zu beklagen gab.[77]

Diese Phase der Auseinandersetzungen mit der Lagerleitung ebbte ab 1942/43 ab. Wohl auch, weil es sehr viele Todesopfer unter den „Extremen" gegeben hatte. Ebenso änderte die Lagerleitung ihre Haltung zu den Zeuginnen Jehovas. Sie nahmen als „deutsche" Häftlinge innerhalb der Lagerhierarchie eine Stellung ein, die ihnen das Überleben partiell erleichterte. Die SS setzte sie z.B. in ihren Haushalten als Arbeitssklaven ein, wodurch sie Informationen, die sie dort erfuhren, anderen Häftlingen zukommen lassen konnten. Daneben gelang es den Zeuginnen Jehovas im Lager Bibelstunden abzuhalten oder unter den anderen Häftlingen zu missionieren. Sie schmuggelten ihre Schriften ins KZ und kopierten „Wachttürme" auf Außenkommandos. Im Mai 1944 kam es deswegen zu einer Razzia der Gestapo in Ravensbrück, bei der „Waschkörbe" religiöser Literatur gefunden wurden.[78]

Eine nur die Gruppe der Zeugen Jehovas betreffende Maßnahme stellten spezielle „Verpflichtungserklärungen" dar. In regelmäßigen Abständen wurden den KZ-Häftlingen Schriftstücke mit dem ab 1938 standardisierten Text vorgelegt:

„Ich habe erkannt, dass die Bibelforscher-Vereinigung eine Irrlehre verbreitet und unter dem Deckmantel der religiösen Betätigung lediglich staatsfeindliche Ziele verfolgt. Ich habe mich deshalb voll und ganz von dieser Organisation abgewandt und mich auch innerlich von der Lehre dieser Sekte freigemacht. Ich versichere

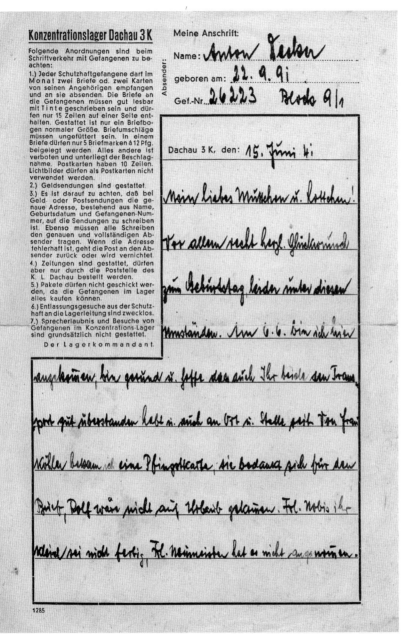

Abb. 6: *Brief des Vaters aus dem KZ Dachau. Quelle: privat.*

hiermit, dass ich mich nie wieder für die Internationale Bibelforschervereinigung betätigen werde. Personen, die für die Irrlehre der Bibelforscher werbend an mich herantreten, werde ich umgehend zur Anzeige bringen. Sollten mir Bibelforscherzeitschriften zugesandt werden, werde ich sie umgehend bei der nächsten Polizeidienststelle abgeben. Ich will künftig die Gesetze des Staates achten und mich voll und ganz in die Volksgemeinschaft einzugliedern. Mir ist eröffnet worden, dass ich mit meiner sofortigen erneuten Inschutzhaftnahme zu rechnen habe, wenn ich meiner heute abgegebenen Erklärung zuwider handele."[79]

Unterschrieben die Opfer diesen Text, wurde ihnen die Entlassung in Aussicht gestellt. Eine Weigerung bedeutete unweigerlich – wie im Falle von Charlotte Tetzner – die Verlängerung der KZ-Haft. Dieses nur auf die Häftlingsgruppe der Zeugen Jehovas angewandte Verfahren[80] verführte Beobachter zu der Annahme und Feststellung, die Zeugen Jehovas seien im Grunde „freiwillige Häftlinge"[81] gewesen, da ja die Unterschriftsleistung zur Entlassung geführt habe. Dem war durchaus nicht so. Eine Entlassungsverfügung des betreffenden Häftlings war nicht allein von der Unterschriftsleistung abhängig, sondern wurde in einem größeren bürokratischen Kontext von mehreren Behördenstellen ‚geprüft'. So kam es vor, dass Zeugen Jehovas nach dem Unterschreiben nicht entlassen wurden. Gleichwohl führte diese schikanöse Behandlung der SS auf Seiten der Opfer zu einer Art Gewissensprüfung und öffentlichen Demonstration ihrer Weigerung, sich dem NS-System anzupassen. In der Mehrheit der Fälle widerstanden die Häftlinge diesem Aufruf zum Mitläufertum und beugten sich nicht dem Willen der NS-Machthaber. Aus der Sicht der Opfer wurden die „Verpflichtungserklärungen" somit zu einem Symbol ihres Widerstandes auch in den KZ.

Bei der NS-Verfolgung der Zeugen Jehovas handelte es sich - in Wiedergutmachungskategorien gesprochen - um eine Verfolgung aus religiösen Gründen. Für das KZ Ravensbrück lässt sich jedoch anhand eines Dokumentes nachweisen, dass die Nationalsozialisten Maßnahmen einleiteten, die die „Bibelforscherfrage" als ein „rassenideologisches" Problem ansahen, wie sie dies bereits für andere Verfolgtengruppen wie die Juden oder die Sinti und Roma bereits getan hatten.

In einem Schreiben von Dr. Dr. Robert Ritter an den Präsidenten des Reichsforschungsrates, der heutigen renommierten Deutschen Forschungsgemeinschaft (DFG), vom 6. März 1944 stellte er ein Gesuch „um Bewilligung einer Sachbeihilfe für das Haushaltsjahr 1944/45 für Arbeiten auf dem Gebiete der Asozialenforschung und der Kriminalbiologie".[82] Und um den Präsidenten von der Notwendigkeit einer Unterstützung zu überzeugen, legte Ritter zunächst seine bisherigen Arbeiten, Forschungen und Leistungen aus dem vorangegangenen Jahr dar. So habe er

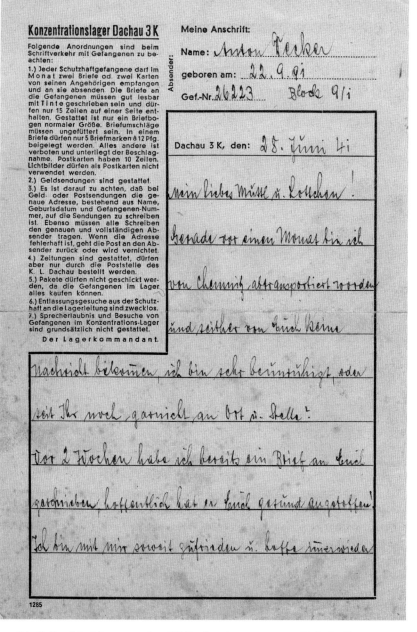

Abb. 7: Brief des Vaters aus dem KZ Dachau kurz vor seinem Tod. Quelle: privat.

z.B. „erbcharakterologische Untersuchungen über die Artung jugendlicher Rechtsbrecher" durchgeführt. Ebenfalls rühmt er sich „für die zukünftige erbpflegerische vorbeugenden Verbrechensbekämpfung eine Untersuchung über die Sippenherkunft aller Asozialen einer Großstadt" erstellt zu haben. Das Ergebnis lieferte er gleich mit: „Die Arbeit lässt deutliche Zusammenhänge zwischen Sippencharakter und Kriminalität erkennen."

Sodann berichtete Ritter, dass er „Zigeuner" begutachtet habe. Die Zahl dieser Begutachtungen hätte sich im laufenden Jahr auf 23.822 erhöht. Insgesamt bezeichnete er seine Arbeit als Sichtungsarbeit zur Erb- und Volkspflege. Eher beiläufig erwähnte Ritter unter Punkt 2:

> *„Um über den Erbwert der Angehörigen von Bibelforscherfamilien ein Bild zu gewinnen, wurde im Frauenkonzentrationslager Ravensbrück eine Untersuchung über die Sippenherkunft der Ernsten Bibelforscher begonnen."*

Ritter wollte sich über den „Erbwert" der Zeugen Jehovas klar werden. D.h., er wollte wissenschaftlich feststellen, ob es sich bei den Zeugen Jehovas um rassisch „minderwertige" oder „höherwertige" Menschen handele.

Diese Untersuchungen und Forschungen hatte Ritter schon öfter angestellt. Z.B. an den schon erwähnten Sinti und Roma.[83] Diese Gutachten aber, die Ritter erstellte und sich mit fünf Reichsmark pro Gutachten bezahlen ließ, waren die Basis für die Er-

mordung Tausender Sinti und Roma in dem Vernichtungslager Auschwitz. Wer als Forschungsobjekt in das Visier dieses Wissenschaftlers geriet, war der Gefahr ausgeliefert, als „minderwertig" stigmatisiert der Vernichtung anheim zu fallen. 1944 wollte sich Ritter nunmehr den Zeugen Jehovas zuwenden. Die Frage, warum Ritter diese Häftlingskategorie ins Visier seiner ‚Forschungen' nahm, kann nur andeutungsweise beantwortet werden, denn es fehlen Äußerungen Ritters zu den Zeugen Jehovas ebenso wie Berichte von Opfern über diese Forschungen.

Eines fällt auf. Ritter wollte die Sippenherkunft der Zeugen Jehovas erforschen, um auf diese Art und Weise den „Erbwert" bestimmen zu können. Dies ist die bekannte Rittersche Methode. Grundsätzlich muss man festhalten, dass Ritter wohl unterstellte, dass das ‚Bibelforscherproblem' ein Familienproblem sei, das über mehrere Generationen zurückzuverfolgen sei. War Ritter auf der Suche nach den ersten Bibelforscherfamilien in Deutschland? Wollte er etwa beweisen, Zeuge Jehovas zu sein, sei „erblich"? Oder sah Ritter die Bibelforscherfrage womöglich als Bestandteil der „Asozialenfrage"? Wollte er mithin beweisen, die Bibelforscherfamilien entstammten den angeblich bekannten „asozialen" Familien?

Dass dies gar nicht so abwegig ist, zeigt ein Zitat aus der NS-Funktionärszeitschrift „Der Hoheitsträger" aus dem Jahre 1937. Auf einer Seite dieser Zeitschrift sind 15 Passfotos von Zeugen Jehovas abgedruckt. Daneben ist zu lesen:

„Zu allen Zeiten hat die jüdische Gegenrasse mit Hilfe des Untermenschentums versucht, an Stelle einer sittlichen Weltordnung und Lebenshaltung das Chaos eines Bastardmenschentums zu setzen, dessen Lebensform den niedrigen Instinkten von unterwertigen, raselosen Menschen entspricht. Die nebenstehenden ‚Anführerköpfe' der Bibelforscher tragen das Merkmal dieses Untermenschentums."[84] Hier wird eines ganz deutlich: die Bibelforscherfrage wurde rassisiert. Und das bereits seit 1936/37.

Es sei in diesem Zusammenhang noch ein weiteres Indiz erwähnt. Einige Sondergerichte holten psychiatrische Gutachten über angeklagte Zeugen Jehovas ein. Ihre Glaubensüberzeugung und Widerständigkeit wurde ihnen von den so genannten Gutachten als „religiöser Fanatismus", der einen Verfolgungswahn hervorrufe und somit in „religiöser Paranoia" münde, interpretiert.[85] Unter der Verantwortung des Leiters der Breslauer Nervenklinik, Johannes Lange, wurden elf Zeugen Jehovas dort über einen längeren Zeitraum hinweg beobachtet. Das Ergebnis: Zwar handele es sich um „eigenartige Persönlichkeiten", aber auch um an sich „wertvolles Menschenmaterial". Nicht die Nervenheilanstalt war nach Auffassung dieser Ärzte der adäquate Aufenthaltsort für Zeugen Jehovas, sondern „andere Besserungseinrichtungen".[86] Die Praxis zeigt, dass damit wohl Konzentrationslager gemeint gewesen waren. Auch ist in diesem Zusammenhang darauf hinzuweisen, dass einige – wenige zwar – Zeugen Jehovas zwangssterilisiert wurden, weil sie Zeugen Jehovas waren. Die Diagnose lautete: erbliche Schizophrenie.[87]

Die Frage, ob Ritter diese Forschungen tatsächlich durchführte und, wenn ja, mit welchem Ergebnis, ist zur Zeit nicht zu beantworten. Konkrete Folgen hatte diese eventuellen Untersuchungen für die Zeugen Jehovas nicht mehr.

Vernichtungslager Auschwitz

Charlotte Tetzner wurde im Oktober 1942 von Ravensbrück nach Auschwitz, in das größte Konzentrationslager des nationalsozialistischen Lagersystems, überführt.[88] Es war der zweite große Transport, der in dieses Vernichtungslager führte. Der erste erfolgte bereits Ende März 1942.[89] Mit diesem Transport begann die kurze Geschichte der Frauenabteilung des KZ Ravensbrück in Auschwitz. Die Einrichtung dieses Frauenlagers steht in „direktem Zusammenhang mit der Systematisierung der Vernichtung der europäischen Juden und der Entscheidung, Auschwitz diesbezüglich zu einem Zentrum zu machen."[90] Innerhalb von vier Monaten wurden ca. 15.000 weibliche Häftlinge – mehr als zu diesem Zeitpunkt in Ravensbrück inhaftiert waren – in dieses Frauenlager deportiert, zu 80% Jüdinnen, von denen die meisten ein Jahr später bereits ermordet worden waren.[91] Die Massenermordungen durch das Gas Zyklon B begannen unmittelbar mit der Einrichtung dieses Frauenlagers.[92] Der zweite größere Transport aus Ravensbrück sollte dieses Frauenkonzentrationslager in der Uckermark „judenfrei" machen.[93]

Zunächst war die Frauenabteilung im Stammlager in Auschwitz eingerichtet worden. Im Mai 1940 eingerichtet, bestand Auschwitz ab 1943 aus drei selbständigen Lagerkomplexen: Auschwitz I (Stammlager), Auschwitz II (Birkenau) und Auschwitz III (Monowitz/IG Farben und Außenlager). Mit dem Transport im März 1942 kamen ca. 40-50 Zeuginnen Jehovas aus Ravensbrück nach Auschwitz.[94] Unter ihnen auch Selma Klimaschewski, die im Haushalt der Oberaufseherin Langefeld in Ravensbrück arbeiten musste. Mit der Versetzung Langefelds trat auch sie den Weg nach Auschwitz an.[95] Eine feste gemeinsame Gruppe wie in Ravensbrück bildeten die Zeuginnen Jehovas in Auschwitz offenbar nicht, da Selma Klimaschewski die Gespräche mit ihren Glaubensschwestern vermisste.[96]

Am 10. Juli 1942 endete die Zuständigkeit des KZ Ravensbrück für die Frauenabteilung in Auschwitz.[97] Anfang August wurden die Häftlinge nach Birkenau verlegt. Hierhin kam auch Charlotte Tetzner am 6. Oktober 1942 in einem Transport von über 600 Frauen, darunter „eine größere Gruppe Bibelforscherinnen".[98] Mit diesem Transport kam erneut die bisherige Oberaufseherin aus Ravensbrück, Maria Mandl, nach Auschwitz, da Langefeld durch einen Unfall dienstunfähig war. Es gab nur weinige Zeuginnen Jehovas in Auschwitz. Langbein nennt die Zahl 122 für den August 1944.[99] Er beschreibt seinen Eindruck über diese Häftlinge mit den Worten: „korrekt, hilfsbereit, freundlich, haben den Nationalsozialismus eindeutig abgelehnt und sich nicht durch ihre Vorzugsstellung korrumpieren lassen."[100] Neueste Untersuchungen weisen 168 männliche und 219 weibliche Zeugen Jehovas aus, unter denen die Deutschen in der Minderheit waren.[101] Sehr viele Zeuginnen Jehovas kamen in SS-Haushaltungen zum Arbeitseinsatz. Eine Auflistung über den Arbeitseinsatz vom 27. Mai 1943 dokumentiert den Einsatz von 25 Zeuginnen Jehovas in SS-Haushalten, darunter dem Kommandanten des KZ, neun in SS-Dienststellen sowie 37 in der Verwaltung. Von insgesamt 80 Zeuginnen Jehovas arbeitete knapp ein Drittel in den SS-Haushalten.[102]

Die Überlebenschance insbesondere der deutschen Zeuginnen Jehovas war größer als für den Großteil der anderen Inhaftierten dieses Vernichtungslagers. Der Bericht Charlotte Tetzners unterstreicht diese Feststellung. Sie wurde Zeugin diverser Misshandlungen und Verbrechen, die sich ihr unauslöschlich ins Gedächtnis gruben, und die in diesem Vernichtungslager ‚zum Alltag' gehörten. Ein Vorteil ergab sich für Charlotte Tetzner allein schon durch ihre Tätigkeit, die sie die Gefahr einer Tötung durch die kräfteverzehrende Arbeit umgehen ließ. Ihr gelang es ebenfalls im Gegensatz zu vielen anderen, trotz ihrer schweren Erkrankung dem berüchtigten Krankenrevier zu entgehen, was anderenfalls mit an Sicherheit grenzender Wahrscheinlichkeit ihren Tod bedeutet hätte. Sie selber beschreibt den Besuch einer Glaubensschwester in dem Krankenrevier mit äußerst drastischer Genauigkeit, was eine Ahnung davon vermittelt, unter welchen Verhältnissen diese Menschen dort dem Tod entgegen gingen.

Zu den Schilderungen Charlotte Tetzners seien zwei Berichte herausgegriffen und durch weitere Angaben ergänzt. Charlotte Tetzner berichtet über ihre Begegnung mit den Ärzten Clauberg, Kitt und Wirths. Standortarzt Wirths, der Charlotte Tetzner und ihrer Glaubensschwester nach der Küchenarbeit ein Gläschen Wein überreicht und auch von anderen Häftlingen positiv beschrieben wird, war an Menschenversuchen beteiligt. Hermann Langbein, der als Häftling als Schreiber im Häftlingsbau tätig war, schildert Fleckfieberversuche, die Wirths durchführte. Hierbei sollte ein neues Medikament ausprobiert werden. Da sich aber keine Fleckfieberkranken im Lager befanden, infizierte Wirths mehrere Häftlinge, von denen zwei starben.[103] Nach Klee soll Wirths auch an Versuchen zur Krebs-Früherkennung an Frauen beteiligt gewesen sein, wobei den Frauen größere Gewebestücke am Gebärmutterhals herausgeschnitten wurden.[104] Dr. Kitt schnitt hingerichteten Opfern Fleischstücke aus Schenkeln und Waden, aus

denen eine „Menschenbouillon" gekocht wurde, die als Nährboden für die Bakterienzucht des Bakteriologischen Labors diente.[105] Dr. Clauberg führte an über 1.000 Frauen äußerst schmerzhafte und tödlich verlaufende Versuche zur Massensterilisierung durch.[106] Zunächst in Auschwitz, ab Anfang 1945 in Ravensbrück.[107]

Eine andere Begebenheit, die Charlotte Tetzner schildert, betrifft Alma Rosé. Im Frauenlager Auschwitz-Birkenau gab es ein Frauenmusikorchester. Die Lagerführerin Maria Mandl, die im Oktober 1942 von Ravensbrück nach Auschwitz verlegt worden war und mit dem Transport, in dem sich auch Charlotte Tetzner befand, nach Birkenau kam, stellte mehrere weibliche Musikerinnen im Lager hierfür in einem eigenen Musikblock ab. „Mandls Maskottchen".[108] Die Leiterin dieses Orchesters war die Geigenvirtuosin Alma Rosé. Lucie Adelsberger beschrieb die Aufgaben dieser Kapelle: „Die Musik war so etwas wie das Schoßhündchen der Lagerleitung und die Mitwirkenden wurden sichtlich protegiert. Ihr Block war noch gepflegter als der von Schreibstube oder Küche, das Essen reichlich und die Mädels von der Frauenkapelle waren adrett angezogen mit blauen Tuchkleidern und Kappen. Die Musiker hatten viel zu tun. Sie spielten beim Appell auf, und die Frauen, die erschöpft von der Arbeit heimkehrten, mussten im Takt der Musik marschieren. Zu allen offiziellen Anlässen wurde die Musik bestellt, zu den Ansprachen der Lager-

führer, zu Transporten und wenn einer gehängt wurde. Dazwischen diente sie der Unterhaltung der SS und der Häftlinge im Krankenbau. Im Frauenkonzentrationslager spielte jeden Dienstag- und Freitagnachmittag die Kapelle im Revier, unbeirrt von allen Ereignissen und Selektionen ringsum."[109] Zum Repertoire gehörten Mozarts *Kleine Nachtmusik*, die *Ungarischen Tänze* von Brahms, Bachs *Chaconne*, Beethovens *Pathétique* oder Johann Strauß' *G'schichten aus dem Wienerwald* und *An der schönen blauen Donau*.[110] Die Frauen spielten um ihr Leben. Das Mitwirken in der Kapelle verschonte viele Musikerinnen vor dem sicheren Gastod. Es sicherte eine Überlebensnische in dem Vernichtungslager. „Wenn wir nicht gut spielen, werden wir ins Gas gehen". Diese Worte werden Alma Rosé zugeschrieben.[111] Am 5. April 1944 starb Alma Rosé in Auschwitz. Möglicherweise hatte sie sich an verdorbenen Lebensmitteln vergiftet. Die Kapelle selber existierte bis Oktober 1944. In diesem Monat wurden die Frauen in Viehwaggons nach Bergen-Belsen transportiert.[112]

Evakuierungsodyssee

Am 17. Januar 1945 begann für Charlotte Tetzner die Evakuierung aus dem Vernichtungslager Auschwitz, die sie in mehrere Konzentrationslager führen sollte. Die erste Station war das KZ Groß-Rosen, 60 Kilometer südwestlich von Breslau gelegen. Von hier aus wurden die Häftlinge etappenweise ins

Reichsinnere transportiert. Charlotte Tetzner kam in das KZ Mauthausen, in der Nähe von Linz in Oberösterreich. Bei Herannahen der alliierten Truppen musste auch dieses KZ geräumt werden. Charlotte Tetzner kam nach Norddeutschland, ins KZ Bergen-Belsen. Zeugen Jehovas hatten dieses KZ im Mai 1943 mit errichten müssen.[113] Nun strandeten hier völlig erschöpft und entkräftet Mitte/Ende Februar 1945 40 Zeuginnen Jehovas.[114] Zu einem Zeitpunkt, als Bergen-Belsen sich von einem ehemals „Vorzugslager" in ein „Todeslager" gewandelt hatte. Mehr als 18.000 Menschen starben hier allein im März 1945 an den unvorstellbaren Existenzbedingungen in diesem Lager.[115] Unter ihnen auch Anne Frank. Wie nah Charlotte Tetzner selber dem Zusammenbruch war, lässt daran ermessen, dass sie kaum eine Erinnerung mehr an das Geschehen in Bergen-Belsen hat. Verteilt auf verschiedenen Baracken, sollten sich für einen Arbeitstransport in das KZ Mittelbau-Dora Freiwillige melden. Die kranken und geschwächten Glaubensschwestern sollten in Bergen-Belsen zurückbleiben, was sehr wahrscheinlich ihren sicheren Tod bedeutet hätte. Die Zeuginnen Jehovas verweigerten sich diesem Befehl und versammelten sich in einer Baracke zum Gebet. Der Transport wurde daraufhin zwangsweise zusammengestellt. Charlotte Tetzner war die sechsundzwanzigste Zeugin Jehovas des Transports und damit die letzte. Der Transport erreichte am 4. März 1945 das KZ Mittelbau-Dora, in

der Nähe des thüringischen Nordhausen, am Rande des Harzes gelegen.[116] Zu diesem Zeitpunkt handelte es sich bei diesem Konzentrationslager um ein komplexes System von etwa 40 Einzellagern mit insgesamt rund 40.000 KZ-Häftlingen, das sich in der Region um Nordhausen ausbreitete.[117] Dieses Konzentrationslager steht modellhaft für die rücksichtslose Ausbeutung der KZ-Zwangsarbeiter in der deutschen Kriegswirtschaft. Im Falle des KZ Mittelbau-Dora sollte die Kriegsproduktion unter Tage verlegt werden. Anfangs waren die Häftlinge dort untergebracht, wo sie arbeiten mussten: in den Stollen. Die Evakuierungstransporte aus Auschwitz und Groß-Rosen bedeuteten für dieses Lagersystem einen „dramatischen Einschnitt".[118] Die Häftlingszahlen stiegen um 50% an, die Überbelegung war katastrophal, in deren Folge sich Krankheiten rasend schnell ausbreiteten und die Sterbeziffern im Gegenzug extrem hoch waren. Die Boelcke-Kaserne wurde zum zentralen Sterbelager des gesamten Komplexes, das bei der Befreiung am 11. April 1945 „ein Bild des Grauens" darbot.[119] Mit den Bombardierungen am 3. und 4. April 1945 begann auch die letzte Phase dieses Konzentrationslagers. Zusammen mit ihren Glaubensschwestern wurde Charlotte Tetzner erneut evakuiert und in Marsch gesetzt. Die möglichen Ziele der Transporte waren Bergen-Belsen oder Sachsenhausen/Ravensbrück. Für Charlotte Tetzner endete die Fahrt jedoch bereits nach kurzer Zeit. Sie hatte diese

letzten Stunden überlebt. Tausende starben noch auf den Todesmärschen oder den Evakuierungen.

***

Von ca. 25.000 Anhängern der Religionsgemeinschaft der Zeugen Jehovas zu Beginn des „Dritten Reiches" wurden ungefähr 10.000 Opfer unterschiedlicher Verfolgungsmaßnahmen (hierzu gehört z.B. ebenso die Einweisung von Kindern von Zeugen Jehovas in „Erziehungsanstalten" wie kurzfristige Inhaftierungen). Ca. 2.000 kamen in ein KZ, ca. 1.200 starben oder wurden ermordet.[120]

Verfolgung und Widerstand der Zeugen Jehovas in der DDR

Die Geschichte von Verfolgung und Widerstand der Zeugen Jehovas in der DDR lässt sich grob in drei Perioden unterscheiden, wobei die Grenzen fließend sind:

a) 1950–1961/62

Auf eine nur kurze Phase der relativen Ruhe unmittelbar nach der Befreiung im Mai 1945, in der die Religionsgemeinschaft ungehindert ihren Aktivitäten nachgehen konnte, folgte ab 1948 eine sich verstärkende Repression gegen die Mitglieder der Zeugen Jehovas. Hacke sieht vor allem in der Weigerung der Religionsgemeinschaft, sich an dem „Volksbegehren für die Einheit Deutschlands und einen gerechten Frieden" zu beteiligen, einen ersten Auslöser.[121] Da sich die Zeugen Jehovas weigerten, an diesem Plebiszit, dem von Seiten der SED eine wichtige legitimatorische Funktion für die eigene Politik zukam, teilzunehmen, gerieten sie zunehmend in den Fokus der Behörden, die in diesem Verhalten einen „staatsfeindlichen Charakter" zu erkennen vermeinten.[122] Dirksen und Hacke geben ergänzend einen von der SED vermuteten Erfolg der Tätigkeit der Zeugen Jehovas als Grund für die einsetzenden Behinderungen und späteren Verfolgungen an. So habe die SED befürchtet, „dass die Zeugen Jehovas wichtige Bevölkerungsgruppen, Potentiale des Aufbaus, aus der politischen Aktivität herauslösen könnten".[123] Ganz sicher wurde der Einfluss und der vermeintliche Erfolg der Religionsgemeinschaft und damit ihre ‚Gefährlichkeit' maßlos überschätzt. Gleichwohl dürfte die frühe und heftige Verfolgung der Religionsgemeinschaft im Zusammenhang mit Verfolgungen und Repressionsmaßnahmen gegen andere Gegner stehen, die der Etablierung des Machtanspruchs der SED unmittelbar nach Gründung des DDR-Staates dienten.[124]

Gegen die einsetzenden Repressionen, etwa durch Versammlungsverbote u.ä., protestierten die Zeugen Jehovas mit einer Resolution im Juni 1949, in der sie die „undemokratischen und verfassungswidrigen Verbote und Einschränkungen ihrer Gottesdienstfreiheit" anprangerten.[125] Die Repressionen nahmen indessen zu. Am 30. August 1950 begann frühmorgens eine

Abb. 8: Charlotte Tetzner 1949.
Quelle: privat.

Verhaftungswelle, der einen Tag später das Verbot der Religionsgemeinschaft folgte. Mindestens 400 Personen wurden verhaftet.[126] Bezogen auf das Jahr 1950 summierten sich die Verhaftungen auf 825. Auch in den Folgejahren bis 1954 schwankte die Zahl der Verhaftungen zwischen 478 und 397 Personen, um ab 1955 stark zu sinken.[127]

Zwei Monate nach der ersten Verhaftungswelle begann ein Schauprozess vor dem Obersten Gericht der DDR gegen einige Zeugen Jehovas, der für weitere Prozesse und Verurteilungen als Muster diente. Den Angeklagten wurde Spionagetätigkeit im Dienste einer „imperialistischen Macht" vorgeworfen.[128] In der mündlichen Urteilsbegründung wurde abstruser

Weise hervorgehoben, dass aus dem gleichen Grunde bereits die Nationalsozialisten gegen die Zeugen Jehovas vorgegangen seien.[129] Die Angeklagten erhielten sehr hohe Haftstrafen von acht Jahren bis zu lebenslänglich.

Die Folgen dieses Urteils waren ein sich ausbreitender Staatsterror gegen die Zeugen Jehovas und der „Versuch der Eliminierung" dieser Religionsgemeinschaft.[130] Im Zeitraum von 1950 bis 1962 wurden insgesamt 3.170 Zeugen Jehovas verhaftet und 2.254 verurteilt (von 1945 bis 1987 wurden insgesamt mind. 6.047 Personen verhaftet. Auf den Zeitraum 1950-1962 fallen demnach über 52% aller Verhaftungen).[131] 1950 waren in der DDR ca. 23.160 Zeugen Jehovas aktiv.[132] Das bedeutet, dass über 13% der Anhänger dieser Religionsgemeinschaft allein in diesem Zeitraum verhaftet wurden. Auch der überwiegende Teil der Todesfälle in diesem Zeitraum zu beklagen: alleine bis 1955 starben 37 der insgesamt 62 bekannten Zeugen Jehovas, die in der Haft oder durch die Haft umkamen.[133] Diese Zahlen verdeutlichen die Intensität und das Ausmaß der Verfolgungen in den fünfziger Jahren eindrücklich.

b) 1962–1985

Der Mauerbau und der Beginn der Erosion der SED-Herrschaft Mitte der achtziger Jahre markieren die Eckpunkte dieses Zeitraumes.

Mit der Einführung der Wehrpflicht 1962 erfolgten Verhaftungen

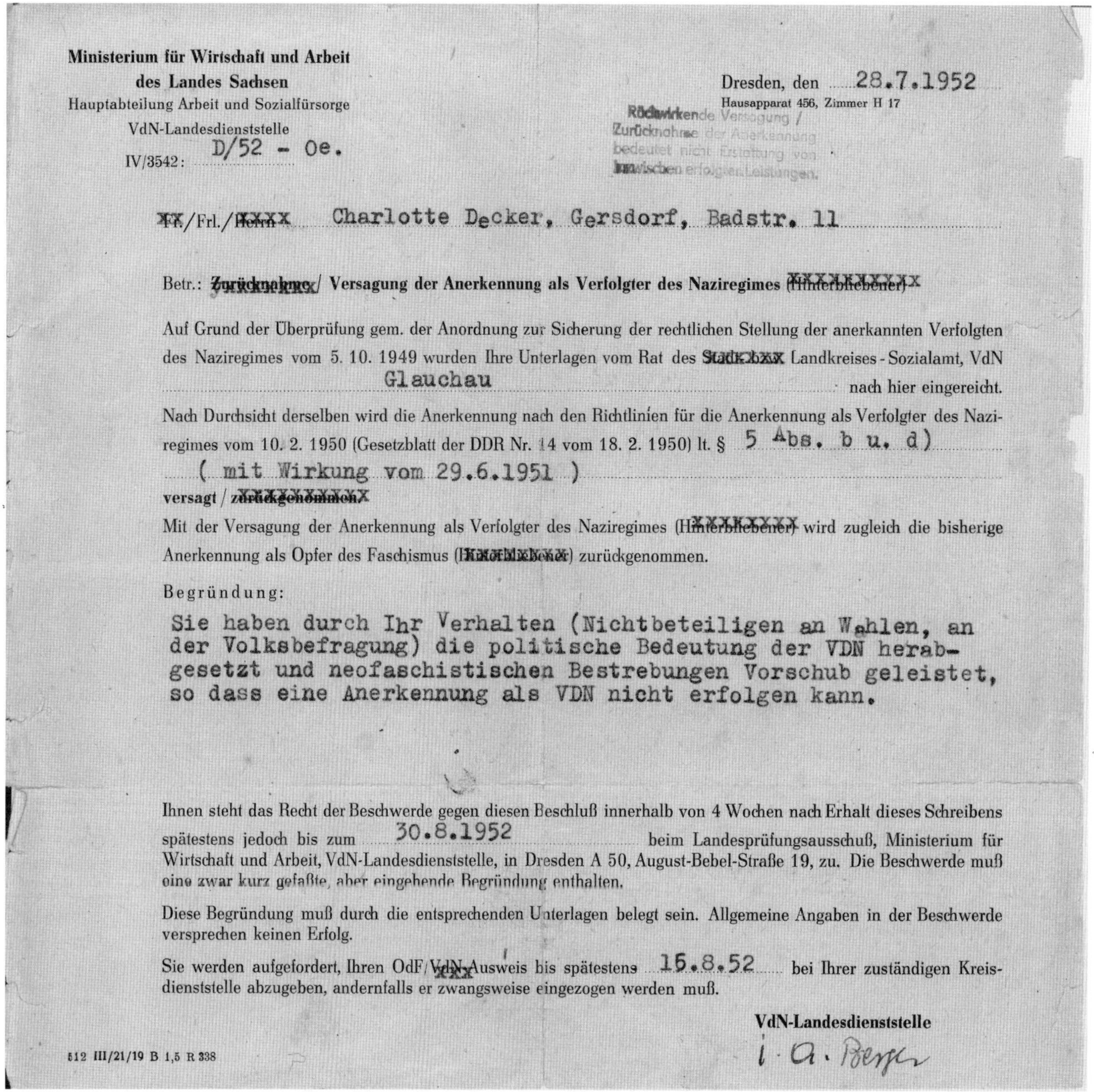

Ministerium für Wirtschaft und Arbeit

des Landes Sachsen

Hauptabteilung Arbeit und Sozialfürsorge

VdN-Landesdienststelle

IV/3542: **D/52 - Oe.**

Dresden, den .....**28.7.1952**......

Hausapparat 456, Zimmer H 17

~~Rückwirkende Versagung /~~
~~Zurücknahme der Anerkennung~~
~~bedeutet nicht Erstattung von~~
~~inzwischen erfolgten Leistungen.~~

~~Hk~~/Frl./~~Herrn~~ ~~XXXX~~   **Charlotte Decker, Gersdorf, Badstr. 11**

Betr.: ~~Zurücknahme~~ / Versagung der Anerkennung als Verfolgter des Naziregimes ~~(Hinterbliebener)~~ X

Auf Grund der Überprüfung gem. der Anordnung zur Sicherung der rechtlichen Stellung der anerkannten Verfolgten des Naziregimes vom 5. 10. 1949 wurden Ihre Unterlagen vom Rat des ~~Stadt~~ Landkreises - Sozialamt, VdN **Glauchau** nach hier eingereicht.

Nach Durchsicht derselben wird die Anerkennung nach den Richtlinien für die Anerkennung als Verfolgter des Naziregimes vom 10. 2. 1950 (Gesetzblatt der DDR Nr. 14 vom 18. 2. 1950) lt. § **5 Abs. b u. d)**
(mit Wirkung vom 29.6.1951)
versagt / ~~zurückgenommen~~ X

Mit der Versagung der Anerkennung als Verfolgter des Naziregimes ~~(Hinterbliebener)~~ wird zugleich die bisherige Anerkennung als Opfer des Faschismus ~~(Hinterbliebener)~~ zurückgenommen.

Begründung:

**Sie haben durch Ihr Verhalten (Nichtbeteiligen an Wahlen, an
der Volksbefragung) die politische Bedeutung der VDN herab-
gesetzt und neofaschistischen Bestrebungen Vorschub geleistet,
so dass eine Anerkennung als VDN nicht erfolgen kann.**

Ihnen steht das Recht der Beschwerde gegen diesen Beschluß innerhalb von 4 Wochen nach Erhalt dieses Schreibens spätestens jedoch bis zum **30.8.1952** beim Landesprüfungsausschuß, Ministerium für Wirtschaft und Arbeit, VdN-Landesdienststelle, in Dresden A 50, August-Bebel-Straße 19, zu. Die Beschwerde muß eine zwar kurz gefaßte, aber eingehende Begründung enthalten.

Diese Begründung muß durch die entsprechenden Unterlagen belegt sein. Allgemeine Angaben in der Beschwerde versprechen keinen Erfolg.

Sie werden aufgefordert, Ihren OdF/VdN-Ausweis bis spätestens **15.8.52** bei Ihrer zuständigen Kreisdienststelle abzugeben, andernfalls er zwangsweise eingezogen werden muß.

VdN-Landesdienststelle

i. A. Berger

512 III/21/19 B 1,5 R 338

Abb. 9: Aberkennung des „Opfer des Faschismus"-Status. Quelle: privat.

von Zeugen Jehovas fast ausschließlich wegen ihrer Verweigerung des Wehr- und Reservistenwehrdienstes (auf diesen Zeitraum fallen über 45% aller Verhaftungen).[134] Die Verfolgung der Religionsgemeinschaft blieb indessen nicht auf die Ahndung der Wehrdienstverweigerer beschränkt. Vielmehr änderte sich die Methode. Die Stasi versuchte Mitarbeiter einzuschleusen, um auf diese Art und Weise einerseits Informationen zu sammeln und andererseits die Religionsgemeinschaft kompromittieren zu können. Eine Methode, die unter dem Stichwort „Zersetzung" zusammengefasst werden kann. Am 23. November 1965 erfolgte unter dem Decknamen „Sumpf" eine konzertierte Verhaftungsaktion, bei der 17 leitende Zeugen Jehovas verhaftet wurden.[135] In nachfolgenden Gerichtsverfahren gegen diese vermeintliche „Illegale Leitung" wurden 15 zu langjährigen Haftstrafen verurteilt.

Doch auch diese „Enthauptungsaktion" führte nicht zu der Zerschlagung der Religionsgemeinschaft.[136] Stattdessen verfiel die Stasi auf die Idee, ehemalige Zeugen Jehovas zu unterstützen, um so eine Art Gegenopposition aufzubauen. Der Name einer solchen Gruppe lautete zynischerweise „Christliche Verantwortung". Ziel der Gruppe war es, einen Keil zwischen die Leitung und die Anhänger zu treiben.[137] In der gleichnamigen Zeitschrift wurde versucht, über theologische Argumente die Zeugen Jehovas auf die Seite des DDR-Staates zu zie-

hen.[138] Während gerade dies nicht gelang, hatte die „Außenwirkung" mehr Erfolg.[139] Gern gesehene Gäste waren diese von der Stasi gelenkten Macher auf Informationstagungen und Seminaren der evangelischen Kirchen in der DDR. Und sie galten als Ansprechpartner für ehemalige Zeugen Jehovas in Westdeutschland, den USA und Kanada. Ein Materialaustausch wurde ebenfalls mit der Evangelischen Zentrale für Weltanschauungsfragen gepflegt.

c) bis 1989/90

Mit dem Amtsantritt Michael Gorbatschows als KPdSU-Generalsekretär im März 1985, dem sich daraus abzeichnenden Wandel des Verhältnisses zwischen der Sowjetunion und der DDR und der daraus resultierenden Erosion der SED-Diktatur begann sich auch für die Religionsgemeinschaft der Zeugen Jehovas die Situation zunehmend zu entspannen. Einem größeren „Selbstvertrauen" der Anhänger, die nun ihre Missionsanstrengungen verstärkten,[140] stand indessen nach wie vor die Verweigerung einer Zulassung auf Grund der negativen Einschätzung des Ministeriums für Staatssicherheit- bis in den Sommer 1989 – gegenüber.[141]

Erst am 14. März 1990 wurde die Religionsgemeinschaft anerkannt, womit ihre über 40jährige Verfolgungsgeschichte ihr Ende fand.

Über die persönlichen Schilderungen der Diktaturerfahrungen von

Charlotte Tetzner hinaus existiert noch eine Stasi-Akte, die im Folgenden in ihren Grundzügen wiedergegeben werden soll, da sie – ergänzend zu den individuellen Diktaturerfahrungen Charlotte Tetzners und ihrer Familie – die staatlichen Vorgehensweisen aufzeigt.[142] Die Unterlagen beziehen sich auf die sechziger, siebziger Jahre und achtziger Jahre. Da für die achtziger Jahre überwiegend Briefwechsel festgehalten wurden, ist diese Akte am umfangreichsten.[143] Die Bespitzelungen begannen mit dem Jahr 1963, als Heinz Tetzner - nach den Feststellungen der Stasi - an der Volkswahl am 20. Oktober 1963 nicht teilnahm.[144] Daneben wurde angemerkt, dass Heinz Tetzner angeblich „ein sehr gutes Gehalt" beziehe. Im Bericht heißt es weiterhin: „Allen Genossen unseres Ortes und auch anderen Bürgern, denen das Angeführte jetzt bekannt wurde, ist es unbegreiflich, dass so ein Bürger, der seine Abneigung gegen unseren Staat so öffentlich bekundet, durch den Staat so unterstützt wird und zudem noch als Kunsterzieher zum Aufbau und Entwicklung einer neuen sozl. [sozialistischen, d. A.] Kultur tätig sein kann."[145] In der Folge wurden umfangreiche Recherchen darüber angestellt, ob Heinz Tetzner tatsächlich über größere Einnahmen verfüge. Diese Bespitzelungen verliefen zwar ergebnislos im Sande (es wurde ermittelt, dass es der Familie finanziell „nicht all zu gut" ergehe[146]), aber Heinz Tetzner verlor zeitgleich seine Stelle an der Kunsthochschule in Schneeberg.[147]

Neben den Feststellungen, dass die Familie zu den Zeugen Jehovas gehörte und wie viele Male wer wann nicht wählen gegangen war,[148] werden die Tetzners mit eindeutig negativ ausgerichteten Worten belegt. So sei Heinz Tetzner „ein Mensch ganz besonderer Art", nämlich „überheblich und arrogant",[149] an anderer Stelle heißt es, er besäße „ein eigenartiges Wesen",[150] Charlotte Tetzner wurde als „fanatische Anhängerin der Sekte" diskreditiert,[151] der Sohn Matthias als „ausgesprochen negatives Element" beschrieben.[152] Die Stasi interessierte sich für das gesamte Umfeld der Tetzners. Dazu gehörten Kunden von Herrn Tetzner, die sich für den Ankauf von Bildern interessierten, ebenso wie westdeutsche Historiker, die die Verfolgung der Zeugen Jehovas in der NS-Zeit aufarbeiten wollten, und sich zu diesem Zweck an Frau Tetzner wandten. Entsprechende Briefe und mitgeschickte Literatur wurden regelmäßig abgefangen. Ebenfalls erfasst wurden Reisen in die damalige CSSR.

Mehrere Anträge auf „Westreisen" sowohl der Mutter von Charlotte Tetzner als von ihr selber wurden abgelehnt. Im Oktober 1964 wurde Charlotte Tetzner wegen der Ablehnung des Antrages ihrer Mutter beim Volkspolizeikreisamt vorstellig, worüber sich ein Bericht in der Stasi-Akte befindet. Auf die Frage, warum der Antrag abgelehnt worden sei, antwortete ihr der Beamte, dass dies „eine kollektive Entscheidung" gewesen sei. Des Weiteren verwies er darauf, dass ihre Mutter Zeugin Jehovas sei und noch an keiner Volkswahl teilgenommen habe. Der Bericht endet mit der ,Feststellung', dass Charlotte Tetzner und ihre Mutter „nicht die Gewähr dafür bieten, unseren Arbeiter- und Bauern-Staat würdig zu vertreten".[153]

Das öffentliche Bekenntnis, nicht an den Wahlen teilzunehmen, und damit verbunden das Bekenntnis zu den Zeugen Jehovas zu gehören, führte über all die Jahrzehnte in der DDR zu den Drang-

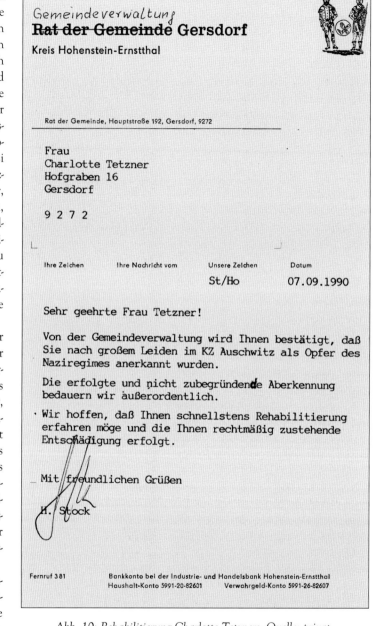

Abb. 10: Rehabilitierung Charlotte Tetzners. Quelle: privat.

salierungen und Schikanen, die auch die existenzielle Basis der Familie trafen, wenn Recherchen darüber angestellt wurden, wie du woher Heinz Tetzner sein Lebensunterhalt bestreite. Die Familie stand unter ständiger Beobachtung und Kontrolle. Dennoch blieben sie Zeugen Jehovas und verweigerten auch weiterhin die Wahlteilnahme, wohl wissend, dass damit eine neue Runde von Schikanen eingeleitet wurde. Dieser Weg einer ständigen Gängelung und Verfolgung endete 1989. Der Weg einer vier und vierzig Jahre andauernden Diktaturerfahrung fand ein Ende.

Überlegungen zu „Diktaturvergleich" und „Widerstand"

Vergleichen ist eine gängige Methode der historischen Forschung, selbst wenn „geschichtliche Entwicklungen und Konstellationen letztlich individuell, unwiederholbar und damit einmalig" sind.[154] Sie dient dazu, Unterschiede herauszuarbeiten, schärfer benennen, das Spezifische vom Gemeinsamen trennen zu können. Eine mögliche Methode, z.B. den Funktionswandel des NS-KZ-Systems zu beschreiben, besteht in dem Vergleich der einzelnen, unterschiedlichen Konzentrationslager. Gleiches gilt vom Ansatz her auch für einen Diktaturvergleich. Sollen sich diese Vergleiche jedoch nicht nur darauf beschränken zu beschreiben, kommen sie um eine Antwort auf die darüber hinaus zielen-

Abb. 11: Charlotte Tetzner 1998. Quelle: privat.

de Frage, ob es innere Zusammenhänge, ob es Analogien gibt, nicht herum. Dieser Aufsatz versteht sich somit auch als Beitrag zum Diktaturvergleich am Beispiel der Religionsgemeinschaft der Zeugen Jehovas.

Hierzu wurden bereits einige wenige Studien vorgelegt. Die erste wurde 1999 von Gabriele Yonan publiziert.[155] Sie interpretiert die Verfolgungsgeschichte dieser Religionsgemeinschaft in der NS- und DDR-Zeit vor dem Hintergrund der „Glaubensverfolgungen in der Geschichte".[156] Damit steckte sie den Rahmen eines Vergleichs sehr weit: von den Christenverfolgungen in der Antike über Judenverfolgungen im Mittelalter, der Inquisition und den Verfolgungen

„christlicher Sekten vor und nach der Reformation" bis hin zu der Verfolgung der Zeugen Jehovas in der NS- und DDR-Zeit.[157]

Diesem universellen Erklärungskonzept ist eine Beliebigkeit anzulasten, das mehr Fragen offen lässt als es beantwortet. Zudem ist es kein analytisches Konzept, da der Vergleich sich in der lediglich beschreibenden und nicht erklärenden Tatsachenfeststellung der Verfolgung bereits erschöpft.

In einer späteren Darstellung zur DDR-Verfolgung der Zeugen Jehovas ergänzte Yonan ihre These, in dem sie nun den Begriff der „Politische Religionen" übernahm und zur Erklärung einführte.[158] Anknüpfend an Hans Maier[159] – und vor ihm Erich Voegelin – deutete sie die „totalitären Systeme Kommunismus, Faschismus und Nationalsozialismus" als mit „religionsähnlichen Elementen" durchsetzt, zu denen etwa „quasi-religiöse Formen eines öffentlichen Kults" gehören wie „Massenaufmärsche, Militärparaden und Demonstrationen, Sporthallenkundgebungen, Totenfeiern (z.B. für August Bebel, Rosa Luxemburg), Gelöbnisse, Fahnen, Fackeln, Feuerschalen, Chöre und Jugendbewegungen."[160] Da nun die Zeugen Jehovas diese pseudo-religiöse Vergötterung ablehnten und sich verweigerten, wurden sie – da sie sozusagen eine gefährliche ‚Gegenreligion' verkörperten – verfolgt.

Unabhängig davon, ob das Konzept der „Politischen Religionen" als Deutung der Diktaturen des 20. Jahrhunderts tauglich ist oder nicht, stellt sich die Frage, ob es zur Erklärung der Verfolgung der Zeugen Jehovas schlüssig ist. Yonan verklärt die Verfolgungen der Zeugen Jehovas im Nationalsozialismus und in der DDR, noch ganz in dem Konzept ihres ersten Buches verhaftet, somit zu einer Art Glaubenskrieg, wobei die einen den ,richtigen und wahren Glauben' und die anderen die Priesterkaste einer Ersatzreligion repräsentieren.

Wie schon anfangs angemerkt, erschöpft sich auch hier der Vergleich in der Beschreibung der Verfolgung.

Yonan steht mit diesen Schwierigkeiten nicht allein. Auch Gerald Hacke erkannte im Grundsatz, dass die Verfolgung der Zeugen Jehovas in beiden Systemen „eine umfassende vergleichende Studie" zu beiden Diktaturen „geradezu heraus[fordere]",[161] wenn auch nicht in ihrer Gesamtheit, so doch sektoral, „vorausgesetzt, es werden solche Sektoren einer Analyse unterzogen, die auch eine komparative Kompatibilität aufweisen."[162] Diese Sektoren benannte er in einem späteren Aufsatz in Anlehnung an ein „Vier-Phasen-Modell [...], welches die jeweilige Diktatur in Herrschaftsübernahme (1933/34; 1945–1949), Herrschaftssicherung (1935–1938/39; 1950–1961), voll funktionierende Herrschaft (1939–1942; 1961–1985) und Auflösung (1943–1945; 1985–1989) gliedert."[163] Für die erste Phase konstatiert Hacke, dass beide Regime „sehr unterschiedlich" gegen die Religionsgemeinschaft vorgegangen seien.[164] Die „wichtigsten Gemeinsam-

keiten" sieht er in der Phase der Herrschaftssicherung gegeben, während er für alle anderen Phasen große Unterschiede feststellt, so dass auch sein Gesamtresümee die Unterschiede betont. So sei das „angewandte Repressionskonzept" von der „herrschaftstragende[n] Ideologie" abhängig und mache die Unterschiede aus.[165] Zu hinterfragen ist jedoch auch, ob sich die NS-Verfolgung der Zeugen Jehovas mit diesem „Vier-Phasen-Modell" synchronisieren lässt. Und hier sind große Zweifel angebracht. So lassen sich die von Hacke konstatierten Unterschiede durchaus damit erklären, dass sich die NS-Verfolgung der Zeugen Jehovas nicht in die Stufen dieses Modells einpassen lässt, wenngleich es diese Phasen durchaus gab. Z.B. wurde die Religionsgemeinschaft im Nationalsozialismus bereits in der ersten Phase verboten, während das Verbot in der DDR ,erst' in der zweiten Phase verkündet wurde. Die Verfolgung der Zeugen Jehovas als Kriegsdienstverweigerer ist stärker an den Kriegsbeginn gebunden und hatte gravierendere Auswirkungen als die sich bereits abschwächende Verfolgung in der dritten Phase in der DDR. Insgesamt entwickelten sich z.B. die Haftbedingungen für die Zeugen Jehovas durch das sich entfaltende NS-System der Konzentrationslager in nicht vergleichbarer Art und Weise zu denen in der DDR.

Im November 2003 befasste sich in Heidelberg eine gemeinsame Tagung des Hannah-Arendt-Instituts für Totalitarismusforschung e.V. in Dresden

und der Forschungsstelle Kirchliche Zeitgeschichte der Theologischen Fakultät der Universität Heidelberg mit dieser Thematik der doppelten Verfolgung der Zeugen Jehovas. Ein Tagungsband unter dem Titel „Repression und Selbstbehauptung. Die Zeugen Jehovas unter der NS- und der SED-Diktatur", der die meisten Referate in überarbeiteter Form enthält, erschien 2003.[166] Nach einleitenden Beiträgen zur Verfolgungsgeschichte in der NS- und DDR-Zeit, widmet sich der Tagungsband in einem dritten Abschnitt den „Vergleichenden Aspekten und Perspektiven". Wolfram Slupina stellt in seinem Beitrag über die „Doppelverfolgten" einen Vergleich der beiden Verfolgungen an. Hierbei konzentriert er sich dann jedoch überraschenderweise lediglich auf einen Vergleich der Haftbedingungen und -erfahrungen, die er als unterschiedlich bilanziert. So seien die nationalsozialistischen Konzentrationslager „auf die Zerstörung von wertvollem menschlichem Leben ausgerichtet" gewesen, wohingegen die DDR-Haft „subtiler" angelegt gewesen sei. Sie sei darauf ausgerichtet gewesen, „geistig zu manipulieren" und bediente sich hierbei der Methoden wie Bespitzelung, Schlafentzug, Drogen und Psychoterror.[167] Zudem würden die „Doppelverfolgten" berichten, „dass sie in der DDR-Haft teilweise eine viel härtere Behandlung erleben mussten als im KZ der Nationalsozialisten."[168] Als Beispiele werden die Wasserfolter (der Misshandelte muss nackt knöcheltief oder sogar bis zur Brust in kaltem Wasser stehen oder es tropfen ihm ständig Wassertropfen auf den Kopf) oder Hitze- und Kältezellen genannt. Slupina bilanziert somit – ähnlich auch das Ergebnis eines anderen Beitrags[169] –, dass die Unterschiede insgesamt überwögen.

Nach den bisherigen Befunden ist zu konstatieren, dass ein Diktaturvergleich NS/DDR gerade in Bezug auf eine Häftlingsgruppe, die in beiden System verfolgt wurde und Widerstand leistete, mehr Unterschiede aufzeigt als Analogien. Annette Leo resümierte in ihrem Beitrag über einen Vergleich über das Konzentrationslager Sachsenhausen und dem Speziallager Nr. 7: „Die Beschäftigung und Auseinandersetzung mit den sowjetischen Speziallagern bedarf jedoch nicht notwendigerweise des Mittels der komparativen Untersuchung mit den nationalsozialistischen Konzentrationslagern. Auch für sich genommen handelt es sich hierbei um einen wichtigen Forschungsgegenstand, bei dem es aufgrund jahrzehntelanger Tabuisierung noch viele Defizite gibt."[170] Ähnliches gilt auch für die Verfolgtengruppe der Zeugen Jehovas: Ein Vergleich ist nicht unbedingt notwendig, um das Spezifische herauszuarbeiten. Er ist vielleicht sogar eher hinderlich, da er – wie etwa bei den Haftbedingungen – dazu verführt, Abstufungen vorzunehmen, die eine Hierarchisierung zur Folge haben können.

Gewinnbringender könnte indes ein Vergleich der Verfolgung innerhalb der kommunistischen Diktaturen

sein. Auch hierfür bot die Tagung anregende Gesichtspunkte, die für den Tagungsband vertieft wurden. Schon ein oberflächlicher Blick auf die Zeittafeln zur Verfolgung der Zeugen Jehovas in Osteuropa und der Sowjetunion nach 1945 zeigt einige Zusammenhänge auf, die eine konzertierte Aktion in der Vorgehensweise gegen die Religionsgemeinschaft nahe legen. Dies gilt sowohl für den Beginn der Verfolgungen, die in Rumänien und in der Tschechoslowakei bereits 1948 und 1949 begannen und 1950 in Ungarn ihre Fortsetzung fanden, als auch für die Begründungen und den unterschiedlichen Intensitäten des Verfolgungsverlaufs.[171] Hierzu steht die Forschung jedoch noch zu sehr am Anfang als dass allgemeine Schlussfolgerungen möglich wären.

Wie bereits erwähnt, zeitigt ein Diktaturvergleich anhand des Beispieles der Verfolgtengruppe der Zeugen Jehovas mehr Unterschiede der beiden deutschen Diktaturen als Analogien. Unterbelichtet blieb bisher indessen der Aspekt des couragierten Widerstandes, den die Mitglieder dieser Religionsgemeinschaft in beiden Diktaturen leisteten.

Ohne Zweifel birgt jede Definition des Widerstandsbegriffs – und damit „der Streit um den ‚Besitz' am Widerstand"[172] – die Gefahr einer Hierarchisierung, da sie das jeweilige Handeln Einzelner und/oder Gruppen nicht nur beschreibt, sondern auch wertet. Auch im Falle der Verfolgtengruppe der Zeugen Jehovas bedeutete der Aus-

schluss ihres Handelns als Akte eines religiösen Widerstands eine graduelle Abwertung, die dem historischen Geschehen nicht entspräche. Im Zusammenhang mit dem sechzigsten Jahrestag des Attentats auf Hitler am 20. Juli 1944 wurden die Diskussionen um den Widerstand im Allgemeinen, „welcher Widerstand erinnerungs- und damit auch darstellungswürdig sei", wieder aktuell.[173] Der „Wandel der Erinnerung an den Widerstand" überwand in diesem Fall das Wechselspiel, dass „die Erinnerung einer Dimension des Widerstands mit der Abqualifizierung eines anderen einhergeht".[174] Auch die kontroverse Frage, ob das Verhalten der Mitglieder dieser Religionsgemeinschaft im Nationalsozialismus und in der DDR als Widerstand/Opposition/Resistenz bezeichnet werden kann, unterliegt diesen Instrumentalisierungen.

Für die NS-Zeit lassen sich die Äußerungen Garbes in seinem Standardwerk zu den Zeugen Jehovas im „Dritten Reich" nach wie vor als Basis für weitere Erörterungen anführen. Garbe konstatiert, dass sich das Verhalten der Zeugen Jehovas nicht einem ausschließlich politisch definierten Widerstandsbegriff zuordnen ließe.[175] Anderen, allgemeiner gefassten Definitionen zu Folge, z.B. von Hüttenberger, ließen sich die Handlungen sehr wohl einem Widerstand zuordnen.[176] Auch der „Resistenzbegriff", wie er vom Institut für Zeitgeschichte geprägt wurde, träfe auf das Verhalten der Mitglieder dieser Religionsgemeinschaft zu, wonach zur Resistenz jene „Formen der Verweigerung, des individuellen oder kollektiven Protests bzw. Dissidenz oder Nonkonformität, die sich gegen bestimmte weltanschauliche, disziplinäre oder organisatorische Maßnahmen und Zumutungen des NS-Regimes richteten", zählen.[179] Garbe hält jedoch fest, dass das „aktive Gegenhandeln" der Religionsgemeinschaft sich „den gängigen Interpretationsschemata" entzöge, da es mehr war „als ‚nur' Nonkonformität, grundsätzlicher als Dissidenz, aktiver als Verweigerung", wohingegen für eine „Gegnerschaft [...] die oppositionelle Zielsetzung und für Konspiration jeder weitergehende Verschwörungs- oder Umsturzplan" gefehlt habe.[178] Abschließend bezeichnet er das Verhalten als „religiös motivierte Resistenz".[179] Andere Autoren sprechen von „standhafter Verweigerung aus dem Glauben".[180]

Es ist wohl dem Umstand zuzuschreiben, dass sich die historische Forschung erst relativ spät der Erforschung der Verfolgung und des Widerstandes der Zeugen Jehovas im Nationalsozialismus zugewandt hat, dass diese Diskussion zum jetzigen Zeitpunkt noch nicht als endgültig abgeschlossen angesehen werden kann. Einerseits werden sie ohne Einschränkung dem Widerstand zugerechnet,[181] andererseits - wie in einem jüngst veröffentlichen Tagungsband - gar nicht erst erwähnt.[182] Es man aber auch daran liegen, dass der Widerstandsbegriff selber keiner endgültigen Definition zu

unterwerfen ist. In einem Beitrag des Tagungsbandes wird z.B. dafür plädiert, dass das „Modell von Widerstand" z.B. auch um die Frauen erweitert werden sollte, die 1943 in der Berliner Rosenstraße für die Freilassung ihrer jüdischen Ehemänner protestierten. Zwar seien sie „keine Widerstandskämpferinnen im konventionellen Sinne des Wortes. Gleichwohl handelten sie als verantwortungsvolle Menschen und ihre Taten heben sich von dem allgemeinen Muster der Anpassung und der Zusammenarbeit mit den Nationalsozialisten ab. Sie widersetzten sich dem System über einen Zeitraum von zwölf Jahren, womit sie deutlich machten, dass sie entschlossen waren nicht nachzugeben, gleichgültig was kommen würde."[183] Aber war das Widerstand oder lediglich „Nonkonformismus [...], der die allgemeine Regierungsfähigkeit der NS-Herrscher nicht eingeschränkt hat?"[184] Dennoch wurde hier auf einen wichtigen Aspekt hingewiesen, der als Verfolgtenwiderstand umschrieben werden könnte.[185] Hierunter ist zu verstehen, dass Opfer von Verfolgungen sich als Individuen oder Gruppen diesen durch Handlungen widersetzten, die darauf abzielten sich dieser Verfolgung zu entziehen oder deren Folgen zu mindern. Sich der Verfolgung zu widersetzen bedeutete immer auch, sich dem Regime aktiv zu widersetzen, es aktiv zu bekämpfen und war fast immer existenziell, da das eigene Leben unmittelbar bedroht war. Diesen Widerstand gegen die Verfolgung zu bre-

chen, erforderte einen nicht als gering einzuschätzenden Aufwand auf Seiten der NS-Verfolgungsbehörden. Die Verfolgungsopfer waren - wenn man so will - die ersten Widerstandskämpfer des NS-Regimes. Die Grenzen zum konventionellen Widerstand können fließend sein. Im Falle der Kommunisten wäre zu konstatieren, dass sie einerseits mit zu den ersten Opfern der Nationalsozialisten gehörten, zugleich sich aber den Verfolgungen widersetzten. Die Begriffe „Verfolgung" und „Widerstand" müssten in diesem Aspekt wieder enger zusammengeführt werden. Es gab diesen Widerstand auf Seiten der Verfolgten, und er setzte sehr früh und sehr aktiv ein, war international und zahlreich.[186]

Während für die Historiografie zur NS-Zeit gilt, dass der Widerstand der Zeugen Jehovas mehr oder weniger anerkannt worden ist, unterscheidet sich hiervon die Geschichtsschreibung zur DDR-Zeit. Wohl wird die Religionsgemeinschaft z.B. im „Lexikon Opposition und Widerstand in der SED-Diktatur" erwähnt, beschrieben wird jedoch lediglich die Verfolgung.[187] Auch Eckert sieht zwar einen „fundamentalen Widerstand", den „Teile der beiden Volkskirchen" leisteten, die Zeugen Jehovas jedoch sieht er lediglich „besonders hart" verfolgt.[188] Dirksen konstatiert nicht widerspruchsfrei, dass das Verhalten der Mitglieder dieser Religionsgemeinschaft „nicht darauf ausgerichtet [gewesen sei], politische Veränderungen herbeizuführen oder den SED-Staat zu stürzen", sie somit keinen „grundsätzlichen Widerstand", gleichwohl „passiven Widerstand" geleistet hätten.[189] Andere Studien tragen die Zweifel bereits im Titel. So kann etwa der Begriff „Selbstbehauptung" als ein weiterer Definitionsversuch für das „Verhalten" der Zeugen Jehovas in der DDR gedeutet werden.[190] Hacke diskutierte in seiner Studie diese Frage profund. In Anlehnung an die Erörterung über das Verhalten dieser Verfolgtengruppe im Nationalsozialismus konstatiert er „enorme Schwierigkeiten für deren Eingruppierung".[191] Die angebotenen Definitionsmodelle des Widerstandsbegriffs etwa bei Eckert, Kowalczuk oder Kleßmann träfen nur teilweise auf die Zeugen Jehovas zu,[192] deren Verhalten sich „weitgehend der Einordnung in die gängigen Interpretationsschemata" entzöge.[193] Dennoch sollte ihre „Fundamentalopposition" – womit Hacke einen Begriff von Garbe, dort bezogen auf die Beschreibung des Verhaltens in der NS-Zeit, übernimmt – „Eingang in jede Darstellung über Widerstand und Opposition" finden.[194]

Das Handeln und/oder das Verhalten der Angehörigen dieser Religionsgemeinschaft in der DDR kann mit den Worten „gelebte Religion" vielleicht am zutreffendsten wiedergegeben werden. Sie umschreiben den ‚Widerstandsalltag' der Religionsgemeinschaft, sowohl ihrer Individuen als auch der Gruppe. Die Zahl der Verkündiger, womit die aktiven Zeugen Jehovas gemeint sind, blieb in der Zeit

von 1950 bis 1990 trotz der Verfolgungsmaßnahmen überraschend konstant. 1950 gab es ca. 23.160, 1990 ca. 21.160 aktive Zeugen Jehovas. Kleinere Schwankungen widerspiegeln dennoch die Phasen der Verfolgung. 1951 ging die Zahl erheblich zurück. Der Grund ist in der einsetzenden Verfolgung zu suchen. Nach einer Erholungsphase gab es erneute Rückgänge von 1958 bis 1962. Ein vermuteter Grund dürfte in einer verstärken Ausreise/Flucht in die BRD zu sehen sein.[195] Nach dem Mauerbau stiegen die Zahlen wieder stetig an.[196] Trotz der Verfolgungen hielt die Religionsgemeinschaft ihre Organisation aufrecht. Das bedeutete, dass Kurierverbindungen zwischen den verschiedenen Versammlungen geschaffen wurden, dass eine Leitung eingesetzt wurde, dass Literatur aus der BRD durch Kuriere eingeschmuggelt, vervielfältigt und verteilt wurde, dass weiterhin Zusammenkünfte stattfanden, bedeutete auch, dass weiterhin missioniert wurde. Dieser illegalen, konspirativen Tätigkeit dieser Glaubensausübung stand eine unvermeidliche öffentliche gegenüber, etwa dann, wenn jüngere Zeugen Jehovas in der Schule sich weigerten, an Fahnenappellen teilzunehmen, den Wehrkundeunterricht verweigerten oder den Wehrdienst insgesamt verweigerten oder wenn die Teilnahme an Wahlen verweigert wurde. Eine vielfältige Palette an Schikanen konnte dies zur Folge haben: schlechte Noten, schlechtere Wohnungen, Behinderungen bei Berufs-

ausbildungen, das Verbot zu studieren usw.[197] Diese „gelebte Religion" unter den Bedingungen der staatlichen Verfolgung muss als ein „Widerstand im christlichen Geist" und als Verfolgtenwiderstand gedeutet werden.[198]

Die Verfolgung durch die DDR-Behörden hatte nicht nur eine Wirkung auf die Anhänger dieser Religionsgemeinschaft, sondern umgekehrt hatte auch dieses Widerstehen eine Wirkung auf den DDR-Staat selber. Dieser umfangreiche Repressions- und Verfolgungsapparat dokumentierte einerseits den Machtanspruch der SED-Diktatur und andererseits das Ausmaß der Auflehnung dagegen. In diesem Sinne hatten die Zeugen Jehovas, im Verbund mit anderen, durch ihren Widerstand Anteil an der Erosion und – letztes Endes – dem Zusammenbrechen dieses Staates.

Für die Beschäftigung mit Verfolgung und Widerstand der Zeugen Jehovas gilt, was Peter Steinbach über unser Verständnis von Widerstand mit den Worten beschrieb: „So betrachtet, stellt sich in jedem Widerstandskämpfer eine Frage, die sich mit anderen zu einem Komplex bündelt, der Widerstandsgeschichte nur zu einem in der historisch-politischen Deutung zu bewältigenden Bereich der Sinndiskussion und -reflexion (also nicht Sinngebung oder gar -stiftung) machen kann, wenn die Nachlebenden in der historischen Erinnerung die Pluralität des Widerstands selbst aushalten können und als Bereicherung empfinden."[199]

„Verwelkte Rosen gibt es in der DDR nicht"
Zur Einführung in Heinz Tetzners grafisches Werk
von Elke Purpus

„Über-Lebens-Mittel" lautet der Titel eines Buches, das sich der Kunst, „die im Einflussbereich des Nationalsozialismus im umfassenden Sinne in der Zeit 1933 bis 1945 geschaffen wurde und sich gegen den Nationalsozialismus richtete", widmet.[1] Mag der Titel *dieses Aufsatzes* sich auch zunächst auf die DDR beziehen, so sind die Bezüge zwischen der „Lagerkunst", und der Kunst Heinz Tetzners dennoch vielfältig und liegen jenseits eines oberflächlichen Diktaturvergleichs.[2] Eine Lesart der Definition der Herausgeber des og. Buches könnte bedeuten, dass Heinz Tetzners hier vorgestellte Kunst zu dem Genre „Kunst zum Thema NS-Massenmord", einen Begriff den Sybil Milton prägte, gehört,[3] da er sie nicht als NS-Verfolgter schuf. Heinz Tetzner ist andererseits jedoch mehr als nur ein Künstler, der sich nach 1945 mit dem monströsen NS-Massenmord auseinandersetzte und noch immer auseinandersetzt. Er ist durch seine Ehe mit einer NS-Verfolgten und Auschwitz-Überlebenden sehr viel näher an der Thematik und zugleich auch selbst Betroffener von Verfolgungen. Seine Kunst stellt eine weitere Form der „Über-Lebens-Mittel" dar, die im Europa des 20. Jahrhunderts mit seinen Diktaturen eine spezielle Ausformung fand, eine eigene Bildersprache schuf.

Ein Teil der vorgestellten Grafiken entstand in der DDR-Zeit und somit unter den Bedingungen einer Diktatur. Der Aufsatz wird sich daher auch mit der Frage beschäftigen, wie diese Entstehungsbedingungen der Kunst Heinz Tetzners aussahen, und es wird den Spuren der Ausgrenzung des Künstlers und des Angehörigen einer verfolgten Religionsgemeinschaft nachzugehen sein. Der Bogen spannt sich über Fragen der Ausgrenzung bis hin zum Existieren in einer Nische. Heinz Tetzner gehört sicher nicht zu den „verstrickten Künstlern" der DDR, die „eher die Regel als die Ausnahme" waren.[4] Seine Kunst war für ihn ein „Über-Lebens-Mittel", ein Festhalten an seiner künstlerischen Integrität, das umso nachdenklicher macht, je deutlicher man sich die Länge des zurückgelegten Weges vor Augen führt.

Der folgende Beitrag versteht sich als eine Einführung in das Leben und das grafische Werk von Heinz Tetzner,[5] unter Berücksichtigung der in diesem Buch abgebildeten Grafiken. Heinz Tetzner wählte zusammen mit der Autorin die Grafiken für dieses Buch aus, nicht als Illustrationen des Textes seiner Frau, sondern als eine

Abb. 12: Heinz Tetzner 1998. Quelle: privat.

Auswahl seiner Grafiken zu dem Thema Leid, Schmerz, Kampf. Es sind Darstellungen von Menschen, eines der Hauptthemen im Werk Heinz Tetzners. Dabei interessierte Tetzner sich nie nur für die äußere Darstellung von Menschen z.B. bei gesellschaftlichen Ereignissen. Es ging ihm immer um die innere Befindlichkeit der Dargestellten, die Sorge, das Leid und den Kampf mit der Schwere des Lebens, wie es die Menschen während des Krieges, der Verfolgung und danach erlebten. Hier fließen natürlich die Diktaturerfahrungen seiner Frau, während des Nationalsozialismus, seine eigenen, als nicht-anerkannter Künstler in der DDR, und die Erfahrungen beider als praktizierende Angehörige einer verbotenen Religionsgemeinschaft in der DDR, mit allen ihren Konsequenzen für sie und ihre Kinder, mit ein.

Die Verfolgung Charlotte Tetzners durch die Nationalsozialisten wurde erst in den letzten Jahren für die Familie Tetzner wieder ein aktuelles Thema, was auch in den Arbeiten von Heinz Tetzner seinen Niederschlag findet. In einem Gespräch mit der Autorin äußerte Heinz Tetzner, dass er in den nächsten Jahren einen graphischen Zyklus, von wohl 10 bis 15 Holzschnitten zu dem Thema Verfolgung und Konzentrationslager im Nationalsozialismus anfertigen möchte.[6] Einige erste Skizzen sind auch hier veröffentlicht. Sie sind Momentaufnahmen einer Auseinandersetzung des Künstlers mit dem Thema, eine Art Werkstattbericht.

Nach dieser Einführung zu Leben und Werk Heinz Tetzners werden die Grafiken der Bilderfolge in den Mittelpunkt gerückt. Es schließen sich eine Zeittafel und eine Auswahl von Ausstellungen Heinz Tetzners an.

Der Künstler Heinz Tetzner

Heinz Tetzner ist sich ein Leben lang treu geblieben. Er hat sich nicht verbiegen lassen und hat dabei auch noch seinen feinen Humor bewahrt, so dass er heute manche für ihn schwierige und unangenehme Situation aus seinem Leben mit einem kleinen Scherz versehen erzählen kann. 1920 als Sohn eines Bergarbeiters in Gersdorf geboren, interessierte er sich früh für das Zeichnen, was seine Mutter unterstützte. In dem großen Fundus von eigenen Zeichnungen, die Tetzner in seinem Haus verwahrt, sind auch einige aus seiner Jugendzeit erhalten. Geprägt durch dieses Interesse begann Tetzner 1934 eine Ausbildung als Textilzeichner. Als er 1940 zum Kriegsdienst einberufen wurde, begann für ihn – parallel zu den Erfahrungen des Krieges und der amerikanischen Kriegsgefangenschaft und natürlich während des darauf folgenden Studiums – eine intensive Zeit der künstlerischen und motivischen Selbstfindung. Tetzner zeichnete in der amerikanischen Kriegsgefangenschaft in Südfrankreich nicht nur amerikanische Soldaten, sondern auch seine Mitgefangenen. Und dieses Sujet wurde für ihn, für seine späteren Bildthemen prägend: Ausdrucksstarke Gesichter, die innerliche Befindlichkeit der Dargestellten. Das ist es, was ihn sein Leben lang interessieren wird. Nicht die äußere Schönheit. Gleichzeitig sieht Tetzner in Südfrankreich zum ersten Mal Reproduktionen von Werken van Goghs und Cézannes. Diese Werke hinterlassen einen intensiven Eindruck, denn bisher kannte der junge Tetzner nur die von den Nationalsozialisten zugelassene Kunst. Die französischen Impressionisten galten als „entartet". Für Tetzner steht nach dem Krieg fest, dass er Kunst studieren will.

Aus der amerikanischen Kriegsgefangenschaft ließ sich Tetzner jedoch zunächst nach Füssen im Allgäu entlassen, nicht nach Hause nach Gersdorf. Denn dort seien, so weiß er von seiner Mutter, die „Russen", und es bestände für ihn als Wehrmachtsangehöriger die Gefahr einer abermaligen Verhaftung. In Füssen im Allgäu wohnte er bei einem ehemaligen Kriegskameraden, der ebenfalls malte und zeichnete. Über ihn lernte er Gabriele Münter, die ehemalige Lebensgefährtin von Wassily Kandinsky, kennen, die in der Nähe wohnt. Er besuchte sie und zeigte ihr einige seiner Zeichnungen, in denen sie ihm Talent bescheinigt.

Da für Tetzner feststand, dass er Kunst studieren möchte, bewarb er sich an der Akademie in München. Er hatte auch schon eine Zusage, als ihn seine Mutter bat, zurück nach Haus zu kommen. In Gersdorf zurück bewarb sich Heinz Tetzner an der Hochschule für Baukunst und bildende Künste in Weimar. Die Hochschule war erst im August 1946 wiedereröffnet worden und wollte bewusst an die Klassische Moderne und das Bauhaus anschließen, womit sie den bewährten Kunstzentren in Berlin und Dresden ein neues und zeitgenössisches Kunstzentrum gegenüberstellen wollte.[7] Weimar war für Tetzner besonders interessant, weil sich mit dem Ort auch der Name Kandinsky verband, der ihm durch seinen Kontakt mit Gabriele Münter ein Begriff geworden war. In Weimar kam Tetzner mit dem deutschen Expressionismus in Berührung, der für seinen Stil so prägend werden sollte.

Zunächst erhielt er an der Hochschule in Weimar eine zwei Semester dauernde Allgemeinbildende Elementarausbildung in Komposition, Farbgebung etc. bei Mac Zimmermann (1912–1995) und Heinz Trökes (1913–1997), beide Surrealisten. Noch heute erinnert sich Tetzner an dessen Anweisung „den Akt nicht als Akt, sondern als Stück Baumrinde zu malen". Danach ging er in die Klasse für Wandmalerei von Prof. Hermann Kirschberger (1905–1983), einem ehemaligen Hofer-Schüler aus Berlin, der Wandmalerei, Mosaik und Glasmalerei unterrichtete. 1948 wechselte Tetzner in die Akt- und Porträtklasse von Prof. Otto Herbig (1889–1983), bei dem er Tempera, Aquarell, Ölmalerei und Pastell studierte. Herbig führte Tetzner an den deutschen Expressionismus heran, der für sein gesamtes Werk grundlegend werden sollte. Über Herbig lernte er auch Karl Schmidt-Rottluff (1884–1976) bei einem seiner Besuche

in Weimar kennen. Schmidt-Rottluff war ein Mitbegründer der Dresdener Künstlergruppe „Brücke" und stammte, wie Tetzner, aus der Gegend um Chemnitz. Herbig zeigte Schmidt-Rottluff Arbeiten von Tetzner, von denen dieser sehr angetan war. Als Tetzner in den frühen fünfziger Jahren in den Semesterferien im Auftrag von Herbig auf dessen Haus in Machnow bei Berlin aufpasste, nutzte dieser die Gelegenheit und besuchte Schmidt-Rottluff in Berlin. Daraus entwickelte sich ein freundschaftliches Verhältnis. Schmidt-Rottluff wurde für Tetzner zu einer Art künstlerischer Berater, noch über die Zeit seines Studiums hinaus. Er unterstützte und förderte Tetzners Interesse für den deutschen Expressionismus. Tetzner hatte sogar vor, einige Semester an der Hochschule der Künste in Berlin zu studieren, an der Schmidt-Rottluff seit 1947 Professor war, was sich dann aber nicht ergab.

Während des Studiums entstanden viele Zeichnungen. Für die Modelle ging Heinz Tetzner in ein Weimarer Altersheim und zeichnete die dortigen Frauen, die zwei Weltkriege, die Bombardierung ihrer Heimat und wahrscheinlich den Verlust nicht weniger Familienangehöriger erlebt hatten. Die Frauen selbst waren froh, dafür von dem Künstler etwas Brot oder eine seiner wenigen Lebensmittelkarten zu bekommen. Tetzner selbst interessierte an diesen Modellen deren innere Befindlichkeit, die Emotionen, die Schwere des Lebens, das menschliche Leid. Hier entstanden zahlreiche

Zeichnungen wie z.B. die hier abgebildete „Frierende" (Tafel 4), „Schmerz" (Tafel 6) und „Kniende" (Tafel 7). Zeichnungen begleiten Tetzner sein ganzes Leben lang. Während Tetzners Ölgemälde, Aquarelle und Druckgraphik im Atelier entstehen, sind Zeichnungen für ihn die Möglichkeit, Situationen spontan festzuhalten, um sie später im Atelier weiterzuverarbeiten. Auf manche Zeichnungen greift er viele Jahre später in anderen Zusammenhängen wieder zurück. Nach eigener Aussage umfasst sein zeichnerisches Werk mehrere tausend Blätter.[8]

Herbig war in Weimar auch der Lehrer, der sein grafisches Talent erkannte und förderte. Tetzner probierte während seines Studiums zahlreiche grafische Techniken aus. Schon sehr früh entschied er sich für den Holzschnitt als der Drucktechnik, die ihm am meisten liegt. Hier kann er intuitiv arbeiten. Er überträgt die Vorzeichnung, die es immer vorher gibt, nur mit wenigen Punkten auf den Holzstock und hängt sie für ihn gut sichtbar im Zimmer auf. Dann beginnt er mit dem Schneiden. Für einen mittelgroßen Holzschnitt braucht er ca. einen Tag. Für Tetzner ist es nach eigener Aussage wichtig, dass er direkt in den Holzstock schneiden, intuitiv arbeiten kann und dass die Form dann steht. Von nachträglichen Veränderungen – bei seinen Drucken, wie seinen Zeichnungen – hält Tetzner wenig. Ein Grund, warum der Kupferstich, bei dem man die Zeichnung über einen längeren Zeitraum mit mehreren Ätzgängen aus dem

Druckstock herausarbeitet, im Werk Tetzners nie eine Rolle gespielt hat. Ein weiterer Vorteil des Holzschnitts für Tetzner ist, dass, wenn die Oberfläche des Druckstockes nicht vollkommen glatt schliffen wurde, die Struktur des Materials Holz mitdrucken kann. So bekommt der Druck einen weicheren Ausdruck, als bei anderen Techniken, bei der die Druckfläche opak schwarz druckt, es sei denn man strukturiert sie wiederum mit Schraffur, wie in dem hier abgebildeten Linolschnitt „Der Trauernden" von 1947 (Abb. 15); einen der weinigen erhaltenen Linolschnitte Tetzners. Weitere Drucktechniken, die Tetzner auch später weiter verwendete sind die Lithografie (Tafel 6 und 7) und die Kaltnadel-Radierung (Tafel 8 und 14).

Tetzner selbst sagt über sein Studium in Weimar, dass er dort eine profunde Ausbildung, in Anatomie, Akt, Farbgebung etc. erhalten hat. Herbig erkannte und unterstützte sein Talent zu expressiver Haltung und beurteilte seine Bilder als ausgezeichnet. 1950 wurde Tetzner Meisterschüler bei Herbig. Ein Jahr später sagte er ihm dann jedoch: „Jetzt müssen Sie allein weiter", was Tetzner auch so empfand. Denn die frühen fünfziger Jahre waren nicht nur im Leben Tetzners von Veränderungen geprägt. 1949 war die DDR gegründet worden und damit stand die sowjetische Kunst, der „sozialistische Realismus", als Vorbild für die Kunst des jungen, neuen Staates fest. Die Kunst sollte den Aufbau des neuen Staates unterstützen, sie sollte

am Nutzen für den Staat gemessen werden, d.h. sie sollte die Menschen zu höherem Arbeitsethos anhalten, um die Produktionsleistung zu steigern.[9]

Tetzner machte 1951 sein Diplom mit Auszeichnung und bekam an der Weimarer Hochschule, obwohl er sich nicht der staatlichen Kunstauffassung unterwarf, eine Anstellung als Dozent für Farbgebung, Naturstudium und Aktzeichnen. Im gleichen Jahr begann aber auch die Umstrukturierung der Weimarer Hochschule mit der Schließung der Abteilung Bildende Kunst. Viele Lehrer verließen darauf die Hochschule und 1953 war auch Tetzner dazu gezwungen, wobei als offizieller Grund beschönigend „Strukturveränderungen der Schule" angegeben wurde.[10]

Heinz Tetzner kehrte nach Gersdorf zurück. Wenn er in Weimar geblieben wäre, hätte er sich um offizielle, staatliche Aufträge bewerben müssen, was wiederum bedeutete, dass er sich dem staatlich gefordertem Kunststil und seinen Bildthemen unterworfen, zumindest angepasst hätte. Doch das wollte Tetzner nicht. Also zog er wieder nach Gersdorf. Hier konnte er im Haus der Mutter mietfrei leben und künstlerisch nach seinen eigenen Vorstellungen arbeiten, ohne sich verbiegen zu müssen. Er hatte schon früh zu seinem Stil gefunden. Er arbeitet nicht abstrakt, aber er zeichnet und malt auch nicht reale Abbilder. Seine Gemälde und ganz besonders seine Grafik zeichnen sich durch eine Spontanität der Zeichnung aus, bei denen die äußeren Formen

reduziert zu Gunsten des Ausdrucks der Dargestellten, denn ihm ist das Wichtigste – und das hat er immer wieder betont – die Wiedergabe der inneren Befindlichkeit. Heinz Tetzner bezeichnet sich selbst dem „expressiven Realismus"[11] zugehörig. Durch seinen Umzug nach Gersdorf war aber Tetzner auch bei seiner Frau Charlotte, die er 1951 geheiratet hatte und die dort mit der Tochter Gabriele (geb. 1952) lebte. Finanziell mussten sich Tetzners jedoch sehr einschränken. Sie lebten von der Arbeit von Charlotte Tetzner, die zunächst in der Schneiderei bei ihrer Mutter und später als Stenotypistin arbeitete.

1953 stellte Tetzner den Antrag auf Aufnahme in den Verband Bildender Künstler Deutschlands (DDR, d. A.) bei der Bezirksleitung Karl-Marx-Stadt. Der Verband war in der DDR der so genannte Organisator für bildende Künstler. Für Tetzner war die Mitgliedschaft existentiell wichtig. Denn erst mit der Mitgliedschaft im Verband galten die Künstler in der DDR offiziell als ‚bildende Künstler', was für ihn nun, nachdem er keine Anstellung mehr an der Hochschule hatte, besonders wichtig war. Denn nur als offiziell ‚anerkannter' Künstler war seine Verankerung im Sozialwesen (Krankenkasse etc.) gegeben, erhielt er bessere Lebensmittel-, billigere Kohlekarten und konnte er Materialien für seine Arbeit als Künstler kaufen. Sein Antrag wurde zunächst mit folgenden Worten abgelehnt: „Es liegt zweifellos eine künstlerische Begabung vor. Je-

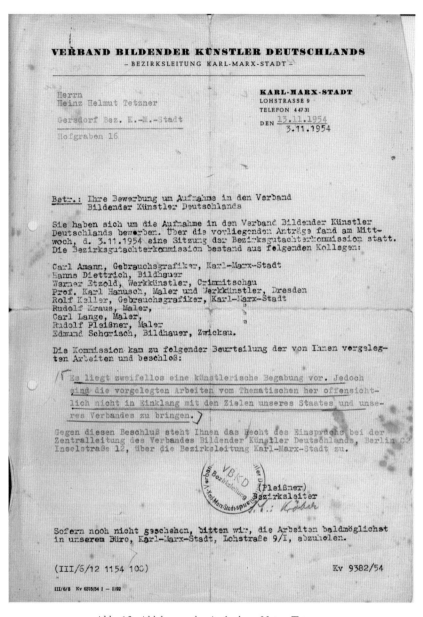

*Abb. 13: Ablehnung der Aufnahme Heinz Tetzners
in den Verband Bildender Künstler Deutschlands.
Quelle: privat.*

doch sind die vorgelegten Arbeiten vom Thematischen her offensichtlich nicht in Einklang mit den Zielen unseres Staates und unseres Verbandes zu bringen.“[12]

Dies war ein für die damalige Zeit in der DDR typischer Formalismusvorwurf. Denn die Kunst Tetzners entsprach nicht nur vom Stil her nicht der vom Staat gewünschten Kunstrichtung, auch Tetzners Themen stießen auf Ablehnung. Der DDR-Staat befand sich im Aufbau und die Kunst sollte dies unterstützen. So kann Heinz Tetzner heute noch von vielerlei Aussagen von Parteiorganen erzählen, die da lauteten „Verwelkte Rosen gibt es in der DDR nicht“ oder „Flöte spielendes Mädchen“ darf der Titel eines Bildes nicht lauten, wenn es für eine Ausstellung angenommen werden soll, eher „Sozialistisches Mädchen“. Aber bei den Titeln seiner Werke, wie auch in seinem Stil, hat sich Tetzner nie der Staatsdoktrin untergeordnet. Da für ihn und seine Familie die Mitgliedschaft im Verband Bildender Künstler aber existentiell wichtig war, ließ er es nicht auf der Ablehnung beruhen, sondern nahm sein Recht auf Einspruch bei der Zentralleitung des Verbandes in Berlin wahr, worin er durch die Fürsprache des damaligen Verbandspräsidenten Otto Nagel[13] und seinem früheren Prof. Otto Herbig[14] unterstützt wurde. 1955 wurde Tetzner dann in den Verband Bildender Künstler der DDR aufgenommen.

Es ist nicht so, dass Tetzner in der DDR gänzlich gemieden bzw. verschwiegen wurde. Er hatte durchaus Ausstellungen, in Karl-Marx-Stadt (heute Chemnitz), Leipzig, Weimar, Glauchau und Dresden. Gerade in Dresden sollte die Galerie Kühl[15] hervorgehoben werden, in der Tetzner 1953, 1957 und 1968, sowie mehrfach zusammen mit anderen Künstlern, wie Otto Dix und Hans Theo Richter ausstellte. Noch heute hat Tetzner gute Kontakte zur Galerie Kühl. Diese Ausstellungen waren Werbung für den Künstler bei Sammlern und Käufern, oft gingen sie auch einher mit Verkäufen. Aber besonders wichtig war auch für den jungen Künstler, der in Gersdorf doch sehr zurückgezogen lebte, die Anerkennung.

Eine ähnliche finanzielle Unterstützung, aber eben auch eine künstlerische Anerkennung für Heinz Tetzner war in den fünfziger Jahren, dass Martha Schrag (1870–1957), seit 1950 Ehrenbürgerin von Chemnitz, regelmäßig Holzschnitte und Lithografien Tetzners für das Chemnitzer Museum erwarb. In den fünfziger Jahren erhielt Tetzner drei Preise: 1955 den Max-Pechstein-Kunstpreis der Stadt Zwickau, 1956 und 1957 den Kunstpreis des Bezirkes Karl-Marx-Stadt. In der Presse wurde die Verleihung jedoch stark kritisiert. Es wurde ihm „Dekadenz" und „Formalismus" vorgeworfen. So schrieb Joachim Uhlitzsch am 16. Dezember 1957 in der „Volksstimme" zur Verleihung des Kunstpreises über Tetzner: „Hat man denn noch nicht eingesehen, dass das ewige Wiederholen der vor nun bald rund 40

Jahren so schockieren wirkenden Farbexperimente des Formalismus heute längst überholte und in einem Lande, das dem Sozialismus entgegen schreitet, hemmende und bremsende Angelegenheiten sind? Das, was Tetzner zeigt, hat nichts mit so genannter ‚moderner Kunst' zu tun. Modern ist heute der sozialistische Realismus, und was hier mit einer Anerkennungsurkunde ausgezeichnet wurde, ist provinzieller Nachtrab. Alexander Abusch sagte in seinem Referat auf der Kulturkonferenz unserer Partei: ‚Wenn wir von Dekadenz sprechen, so meinen wir damit in wörtlichem Sinne: den Verfall der Kultur und Kunst des niedergehenden Bürgertums'. Tetzners Malerei ‚Fischerpaar am Abend' ist ein Musterbeispiel dafür."[16] Es war das typische „ABC der Ausgrenzung", das bemüht wurde, um Künstler wie Tetzner zu diskreditieren.[17] Aber Heinz Tetzner ließ sich nicht entmutigen. Auf einen ähnlichen Artikel Uhlitzsch in der „Volksstimme" vom 12. März 1955 anlässlich der Verleihung des Max-Pechstein-Kunstpreises an Tetzner, schrieb er ihm als Antwort: „An den Kulturfunktionär Joachim Uhlitzsch. Sehr geehrter Herr Uhlitzsch! Ihren Artikel hatte ich soeben vor mir, jetzt habe ich ihn bereits hinter mir. In meinen Zeilen wollen Sie sich nicht an dem formalistischen Tintenklecks stoßen. Es ist mir soeben passiert. Mit vorzüglicher Hochachtung! Tetzner".[18]

Trotz einiger Verkäufe und der Preise war es schwierig, die dringend

Abb. 14: Heinz Tetzner 2001.
Quelle: privat

benötigten Arbeitsmaterialien zu beschaffen. So hatte Tetzner für seine Holzschnitte eigentlich nur drei Messer, die ihm ein Freund, der Schmied war, gefertigt hatte. Oft schnitt Tetzner aber auch einfach nur mit dem Taschenmesser die Zeichnungen in das Holz. Für Papier hatte er einen kleinen Vorrat angelegt, den er von einer Firmenauflösung in Füssen von einem Freund in den fünfziger Jahren bekommen hatte. Ansonsten wurden mit Freunden in der BRD Künstlermaterialien gegen Werke „getauscht". Ein besonderes Problem stellten die Druckplatten für die Holzschnitte dar. Doch auch hier hatte Heinz Tetzner eine Lösung gefunden. In einem Lebensmittelladen hatte er Kuchenbretter gesehen, die für seine Holzschnitte geeignet und auch von der richtigen Größe waren. So kauften Heinz Tetzner und seine Frau für die Holzschnitte nach und nach mehrere dutzend Kuchenbretter, was in dem Geschäft zwar für etwas Irritation sorgte, wogegen aber niemand etwas einwenden konnte. Aus Sparsamkeit benutzte Tetzner die Kuchenbretter von beiden Seiten. Da die Kuchenbretter aber an der Unterseite mit Querleisten verstärkt waren, finden sich heute noch in einigen Drucken, wie der hier abgebildeten „Bibelleserin" (Tafel 9), horizontale Linien, die mit der eigentlichen Zeichnung nicht im Zusammenhang stehen.

1963 übernahm Tetzner die Vertretung für einen erkrankten Kollegen an der Kunsthochschule Schneeberg. Er war als Dozent bei den Studenten gut angesehen und hätte wahrscheinlich, auch nach der Gesundung des Kollegen, seinen Vertrag verlängert bekommen, wenn nicht 1963 Wahlen in der DDR gewesen wären. Schnell wurde bekannt, dass Tetzner nicht daran teilgenommen hatte. Womit im Hintergrund rege Aktivitäten begannen, wie man heute seiner Stasi-Akte entnehmen kann.[19] Dies führte u.a. dazu, dass sein Vertrag in Schneeberg nicht verlängert wurde.

Ähnlich erging es Heinz Tetzner mit seinen Anstellungen als Zirkelleiter. Tetzner war in den sechziger und siebziger Jahren bei verschiedenen Zirkeln als Leiter tätig, wie den Malzirkeln bzw. Zirkeln „Bildende Kunst" im Kreiskulturhaus in Oberlungwitz für Jugendliche zwischen 14 und 22 Jahre,

in Glauchau, bei der Wismut in Siegmar und einigen mehr. Überall erging es ihm ähnlich. Immer wenn Wahlen in der DDR waren, bekannte sich Heinz Tetzner dazu, nicht zu wählen, da er der Religionsgemeinschaft der Zeugen Jehovas angehört. Jeweils nach den Wahlen begannen die Untersuchungen und Befragungen der Staatssicherheit im Umkreis von Heinz Tetzner, und damit auch die Einwirkungen auf seine jeweiligen Geldgeber, wodurch Tetzner in den meisten Fällen seine Anstellung verlor.

In den siebziger und achtziger Jahren besserte sich die künstlerische und finanzielle Situation Tetzners. Die Kulturpolitik lockerte sich, neben den idealisierenden Bildthemen waren jetzt auch alltäglichere Sujets möglich.[20] 1976 konnte Tetzner dann seine erste große Einzelausstellung realisieren und seit Ende der siebziger Jahre erkannte die DDR, dass die Werke Tetzners im Westen einen beachtlichen Käuferkreis anzogen, wodurch sich staatliche Stellen plötzlich für Tetzner in anderer Hinsicht zu interessieren begannen und Bilder aufkauften, um sie devisenbringend in den Westen zu verkaufen. Das verbesserte zwar die *finanzielle* Lage der Familie Tetzner. Doch als Mitglieder einer verbotenen Religionsgemeinschaft blieb die Familie unter Druck. Als die Tochter Talent zum Zeichnen zeigte, was sie gern durch eine entsprechende Ausbildung vertiefen wollte, wurde ihr das verwehrt. Der Sohn verweigerte den Kriegsdienst, woraufhin er zu einer

mehrjährigen Haftstrafe verurteilt wurde. 1983 stellte Tetzners Sohn einen Antrag auf Übersiedlung in die BRD. Im Februar 1984 siedelten der Sohn mit seiner Frau in die BRD aus. Es ging beiden, Charlotte und Heinz Tetzner, sehr nahe, dass sie ihren Sohn und seine Familie nicht besuchen durften. Lediglich 1985 wurde es Heinz Tetzner erlaubt, zum ersten Mal nach dem Mauerbau wieder in die BRD zu reisen. Seiner Frau wurde nach wie vor die Ausreise verweigert. 1987 starb zusätzlich die Mutter Tetzners, mit der er seit 1953 zusammen in einem Haus gelebt hatten. Die Verfolgung der Kinder und die daraus resultierende Trennung von einem Teil der Familie, dann der Tod der Mutter, belasteten natürlich den Künstler, was sich auch in seinen Werken niederschlägt. Es entstehen zahlreiche nachdenkliche Selbstporträts (vgl. Tafel 11).

Erst mit dem Zusammenbruch der DDR veränderte sich die Situation. Heinz Tetzner hat seitdem zahlreiche Ausstellungen realisieren können, womit die Anerkennung seines Gesamtschaffens wuchs. 1999 erhielt Heinz Tetzner für sein Lebenswerk das Bundesverdienstkreuz 1. Klasse. In der Vorschlagsbegründung heißt es: „Eines seiner Hauptmotive ist das menschliche Gesicht, in dem sich Leid oder Last des Lebens widerspiegeln. Seine Darstellungen sind aber gleichzeitig von großem Respekt gegenüber den Menschen geprägt. In seinem über fünfzigjährigen künstlerischen Schaffen hat er sich ein eigenes Profil hart erarbeitet und erhalten können. [...] Heute gilt er als bedeutender Vertreter einer gesamtdeutschen Kunstgeschichte, der gleichzeitig seiner Heimat Sachsen und den dortigen künstlerischen Traditionen immer verbunden blieb." Zwei Jahre später, 2001 richtete Gersdorf seinem Künstler (Tetzner ist seit 1995 Ehrenbürger von Gersdorf) ein eigenes Museum ein. Die so genannte Hessenmühle, eine Wassermühle aus dem 17. Jahrhundert im Zentrum von Gersdorf, wurde restauriert und auf drei Etagen sind Werke Heinz Tetzners ausgestellt. Es sind alle Techniken seines Werkes berücksichtigt. So befinden sich in der dritten Etage die Grafik und in den beiden Etagen darunter die Ölgemälde und Aquarelle.

Seit dem Zusammenbruch der DDR hat sich im Werk Tetzners nicht viel verändert. Er ist seinem Stil treu geblieben. Nur heute nutzt er die Materialmöglichkeiten, die er früher nicht hatte. So sind die Holzschnitte und Gemälde etwas größer geworden (Tafel 17), und er sucht ganz bewusst glatte oder strukturierte Papiere für seine Drucke aus, um den Ausdruck seiner Grafiken noch weiter zu steigern.

Ein Bildthema, das ihn durch sein ganzes Werk begleitet hat, das Sujet des menschlichen Leidens, der Unterdrückung, und somit Inhalt der für dieses Buch ausgesuchten Grafiken, hat jedoch seit den achtziger/neunziger Jahren neue Aktualität und Steigerung gewonnen. Historiker und die Wachtturm-Gesellschaft selber haben seit den neunziger Jahren begonnen, die Verfolgung der Zeugen Jehovas im Nationalsozialismus und der DDR, die Internierungen in den NS-Konzentrationslagern und DDR-Haftstätten aufzuarbeiten.[21] Damit bekam dieses Thema auch für die Familie Tetzner eine neue Aktualität. Charlotte Tetzner wurde interviewt und zu Veranstaltungen als Zeitzeugin eingeladen, zu denen ihr Mann sie begleitete. Natürlich zogen solche Veranstaltungen und Interviews nach sich, dass im engsten Familienkreis über das Thema, die Erlebnisse von damals intensiver gesprochen wurde und auch weitere Bücher zur Thematik hinzugezogen wurden.

Dies fließt auch in die Bildthemen, ganz besonders in die Grafik von Heinz Tetzner mit ein. Er hat schon sein ganzes Leben eine besondere Empathie mit den Menschen empfunden und durch die Verfolgung seiner Frau im Nationalsozialismus oft Themen aus diesem Bereich aufgegriffen. Doch nun bekam das Thema durch die öffentliche Aufarbeitung noch einmal eine andere Präsenz und im Werk Tetzner damit eine andere Qualität. Er nahm zunächst ältere Zeichnungen und erarbeitete daraus Druckstöcke, jetzt ganz unter dem Eindruck der Erzählungen seiner Frau und anderer Zeitzeugen stehend, mit nochmals verschärften Bezügen zu Gewalt, des Eingesperrtseins und auch schon zu den Konzentrationslagern des Nationalsozialismus. Ab 2000 entstanden neue Zeichnungen, die teilweise bei meinem Besuch in Gersdorf 2004 noch nicht einmal fixiert waren, die einen eindeutigen Bezug zu den Konzentrationslagern haben. Die Bilderfolge in diesem Buch dokumentiert diese künstlerische Entwicklung Heinz Tetzners, die - wie bereits erwähnt - in einen von Heinz Tetzner geplanten grafischen Zyklus zu den Themen „Nationalsozialismus" und „Konzentrationslager" münden könnte. Die in diesem Buch abgebildeten Grafiken werden sicherlich - gemäß der Arbeitsmethode Heinz Tetzners - darin mit einfließen. Wir können gespannt sein auf diesen Zyklus von Heinz Tetzner und hoffen, dass der Künstler hierfür die Kraft finden wird.

Die Bilderfolge

Im Folgenden wird auf die in diesem Buch abgebildeten Zeichnungen und Drucke, die in chronologischer Reihenfolge abgedruckt sind, im Einzelnen eingegangen. Jeder Grafik werden zunächst einige technische Daten voran gestellt, wie Titel, Entstehungszeit, Technik, ob das Blatt signiert ist und das Format des Blattes. Beim Format wird bei den Zeichnungen immer die Größe (Höhe mal Breite) des Blattes und bei den Drucken die Größe der Druckplatte genannt. Die Zeichnungen sind, soweit es nicht anders angegeben ist, mit schwarzer Kreide oder Kohle gezeichnet. Alle abgebildeten Grafiken befinden sich im Besitz von Heinz Tetzner, so dass der Besitzer nicht jedes Mal genannt wird. Anhand der einzelnen Blätter wird auf die Techniken und den Stil eingegangen, sowie auf die Bildthemen. Hierbei entstehen ganz selbstverständlich wieder Bezüge zum Leben von Heinz Tetzner.

Tafel 1: Auschwitz oder Zum Appell, ca. 1948

Holzschnitt, signiert, 46,3 × 28,7 cm

1948, in den Semesterferien in Gersdorf, lernt Heinz Tetzner seine spätere Frau Charlotte Decker kennen. Natürlich sind auch die grauenhaften KZ-Erfahrungen von Charlotte Thema von Gesprächen. Unter dem Eindruck dieser Gespräche entstand, nach Aussage von Heinz Tetzner, der Holzschnitt, den er heute „Auschwitz" oder auch „Zum Appell" nennt. Die ausgemergelten Gestalten, denen man an den mit nur wenigen Strichen angegebenen Gesichtern das Leid ansieht, die sich mehrmals am Tag zum Appell sammeln mussten, in der angstvollen Erwartung was der Tag wohl bringen wird. In diesem Holzschnitt verknüpft Tetzner aber auch die Erzählungen seiner späteren Frau mit seinen eigenen Erfahrungen vom Krieg und seiner Kriegsgefangenschaft, denn es scheinen auf diesem Holzschnitt nur Männer dargestellt zu sein, im Vordergrund sogar ein Mann mit Gehstock, da er ein halbes Bein – durch eine Kriegsverletzung? – verloren hat.

Tafel 2: Laura oder Im KZ, ca. 1948

Zeichnung, signiert, 37 × 32,3 cm

Die Zeichnung war früher bezeichnet mit „Laura", heute mit „Im KZ". Es ist Laura dargestellt, eines der Modelle aus dem Altersheim, die Tetzner während seines Studiums in Weimar häufig gezeichnet hat. In späterer Zeit hat Tetzner die Bezeichnung dieser Zeichnung geändert. Das findet sich öfters bei seinen Werken. Tetzner greift z.T. Jahrzehnte später auf seine Zeichnungen als Vorlage für neue Zeichnungen, Drucke oder Bilder zurück. Er sieht dann seine alten Zeichnungen in neuen Zusammenhängen, zum Beispiel mit den Erzählungen seiner Frau von Erfahrungen im Konzentrationslager, und er verbindet die alten Zeichnungen mit diesen „aktuellen" Erzählungen. Das führt dazu, dass er entweder existierende Zeichnungen und Drucke umbenennt, oder dass er auf Grundlage alter Zeichnungen neue Zeichnungen und Drucke unter anderem Titel anfertigt. Tetzner sind nach eigener Aussage die Titel seiner Werke nicht so wichtig, wichtiger ist ihm die ausgedrückte Emotion und was der Betrachter darin sieht.

Abb. 15:
Trauernde,
Probedruck 1947,
Linolschnitt,
signiert,
50 × 31 cm

Tafel 3: Hockende I, 1948
Zeichnung, signiert, 39 × 37 cm

Mit dieser Zeichnung und dem Ölbild „Knabe mit Ball" beteiligte sich Tetzner 1949 zum ersten Mal an einer Kunstausstellung in Weimar. Die Zeichnung zeigt eine Frau von der Seite, die mit den Händen vor dem Gesicht, in hockender Haltung den Kopf in die Knie gelegt hat.

Bei den Grafiken Tetzners ist nicht nur die Nähe zu den Expressionisten der Dresdener „Brücke" besonders spürbar, sondern auch der Einfluss Käthe Kollwitz (1867–1945) und Ernst Barlachs (1870–1938). Allein schon mit den Bildthemen, wenn man an die verzweifelten Mütter und Witwen in den Zeichnungen und Lithographien von Kollwitz denkt. Aber auch die geschlossenen Konturen, die Reduzierung der Form im Werk von Barlach, was sich dort jedoch speziell im plastischen Werk wiederfindet.

Tafel 4: Frierende, ca. 1948
Zeichnung, signiert, 47 × 29 cm

Die Frierende ist in sich zurückgezogen, sie scheint das bisschen Wärme, die sie empfindet, in sich halten zu wollen, schützen zu wollen. Wovor, fragt sich der Betrachter automatisch und er findet die Antwort in sich selbst. Denn Tetzner gibt keine weiteren Hinweise, er zeichnet noch nicht einmal die Bank oder den Stuhl, auf dem die Frau sitzt. Die Körperkontur der Frau ist beinahe so geschlossen wie bei der Trauernden (Tafel 5), die Hände und Arme eng am Körper haltend, sich auf der imaginären Bank abstützend, die Beine dicht nebeneinander stehend, so dass sich die Füße berühren. Fast scheint es, als wenn die Füße nur mit den Zehespitzen den Boden berühren, die Knie etwas angezogen sind. Aber auch das ist schon Interpretation, da keine Bodenfläche angegeben ist. Obwohl das Gesicht, die Augen kaum erkennbar sind, nach unten, in sich gekehrt, zum Teil durch die Mütze verdeckt sind, schafft es Tetzner, allein nur durch die expressive Körperhaltung der Frau, den Druck der äußeren Umstände, die auf dieser Frau lasten, dem Betrachter zu vermitteln bzw. ihm nachfühlbar zu machen.

Tafel 5: Trauernde, 1948
Holzschnitt, signiert, 41,5 × 21,7 cm

Der Holzschnitt „Die Trauernde" entstand 1948 nach dem Linolschnitt gleichen Namens (Abb. 15). Tetzner bevorzugte in seinem späteren Werk den Holzschnitt als Drucktechnik. Ein Vergleich der beiden Techniken bietet sich bei diesen beiden „Trauernden", einmal als Linolschnitt (Abb. 15), einmal als Holzschnitt (Tafel 5) zur Veranschaulichung der Unterschiede beider Techniken, geradezu an. Die „Trauernde" ist in beiden Drucken als kompakte Figur, mit fast geschlossenem Umriss geschnitten, der Körper ist auf das notwendigste reduziert, eigentlich sind nur der Kopf, die Hände und Füße, die miteinander korrespondieren, zu erkennen. In beiden Drucken kommt der Schmerz, die Trauer der Frau, obwohl nur wenig von ihr zu erkennen ist, deutlich zum Ausdruck. Damit beim Linolschnitt jedoch, durch die glatte Materialoberfläche des Linoleums, der Körper der Frau nicht als einheitliche schwarze Oberfläche erscheint, war Tetzner gezwungen, die Figur der Frau durch Schraffur zu strukturieren. Daher sind beim Linolschnitt Arme, Hüften und Beine der Frau gut voneinander zu trennen. Beim Holzschnitt kann man auch die Druckoberfläche vollkommen glatt schleifen, so dass man die Struktur des Materials bei Druck nicht mehr sieht. Doch dies ist gerade bei vielen Holzschnitten von Tetzner gar

nicht gewollt. Er belässt hier die Oberfläche des Materials so, dass die Struktur des Holzes beim Druck später zu erkennen ist. Zusätzlich lässt er im Druckstock einige wenige Erhebungen stehen, um im Druck einige wenige Körperstrukturen anzudeuten. Durch die mitdruckende Struktur des Holzes wirkt die an sich kompakte Fläche des Körpers der Frau nicht nur Schwarz, sondern bewegt, man meint die Körperstruktur zu erkennen.

Tafel 6: Schmerz, 1948
Kreide-Lithographie, signiert, 54 × 42 cm

Die Lithographie, der Flachdruck, ist eine Drucktechnik, die Tetzner immer wieder verwendet, jedoch nicht so häufig wie den Holzschnitt. Auf der Lithoplatte kann in den verschiedensten Techniken gearbeitet werden, mit Pinsel, Feder, Stiften etc., in Tusche, Kreide oder anderen Materialien. Die Lithographie bietet dem Künstler eine hervorragende Möglichkeit, seine Zeichnungen auf ein Vervielfältigungsmedium umzusetzen. Tetzner bevorzugt die Kreide-Lithographie, wie auch schon bei seinen Zeichnungen.
Dargestellt ist eine Frau, kniend auf einem imaginären Boden. Wahrscheinlich ist die Frau das gleiche Modell wie für die Kniende auf Tafel 7, nur hier hat sie die Hände auf das Gesicht gelegt, eine eindeutige Geste des inneren Schmerzes, der Trauer.

Tafel 7: Kniende, ca. 1948
Kreide-Lithographie, signiert, 54 × 41 cm

Bei der hier dargestellten Knienden scheint es sich um die gleiche Person zu handeln wie in der Lithographie vorher (Tafel 6), nur dass diesmal die Frau die Arme hängen lässt, bzw. ihre rechte Hand leicht vorne auf

den Oberschenkel gelegt hat. Das Gesicht der Frau ist nun erkennbar. Sie schaut mit großen Augen – oder sind es nicht eigentlich nur die Augenhöhlen, die man sieht – und herunterhängenden Mundwinkeln aus der Lithographie heraus. Wieder gibt Tetzner dem Betrachter keine Anhaltspunkte zu dem Ort und zu der Zeit an dem diese Lithographie entstanden ist. Er verzichtet wie bei vielen seiner anderen Zeichnungen und Drucke auf jegliches Beiwerk. Der Druck ist vollständig auf die Frau und ihre Emotion konzentriert, auf ihre Hoffnungs- und Schutzlosigkeit.
Es ist schon erstaunlich, dass Tetzner im Alter von 28 Jahren ein derartiges soziales Empfinden besaß, dass er mit seinen Zeichnungen und Drucken solche Metaphern menschlichen Empfindens schaffen konnte.

Tafel 8: Keine Zukunft, 1950er Jahre
Kaltnadel-Radierung, 63 × 40 cm

Die dritte Drucktechnik im Werk Tetzners ist die Kaltnadel-Radierung, ein Tiefdruck. Hierbei werden die später druckenden Linien mit einer Radiernadel in die Druckplatte geritzt.
Auf der Radierung ist eine Frau zu sehen, die an einem Tisch sitzt. Sie hat ihren Kopf schwer in ihre linke Hand gelegt und ihren Arm stützt sie mit dem Ellbogen auf dem Tisch ab. Es ist eine sehr nachdenkliche Haltung. Anders als bei den bisherigen Grafiken von Tetzner, gibt er hier einen Hinweis auf die Situation der Dargestellten, die durch ihre Kleidung als Gefangenen kennzeichnet ist. Die Radierung entstand, so erzählte Tetzner, unter dem Eindruck der Erzählungen seiner Frau über ihre Verfolgung im Nationalsozialismus.

Tafel 9: Bibelleserin, Ende der 1970er Jahre
Holzschnitt, signiert, 65,7 × 43,5 cm

Ein Motiv, das einem im Werk Tetzners immer wieder begegnet, ist das Lesen. „Lesen als Nische des Geistes, konnte gerade in Zeiten öffentlich inszenierten Gemeinschaftszwanges ein letzter Zufluchtsort privater Innerlichkeit sein",[1] schreibt Ina Gayk zum Motiv des Lesens im Werk Tetzners. In diesem Holzschnitt ist eine ältere Frau mit Brille beim Lesen, nach dem Titel des Holzschnittes, beim Lesen der Bibel dargestellt. Wobei sie gerade über das Gelesene nachzudenken scheint, denn sie blickt nicht in das aufgeschlagene Buch, sondern aus dem Bild heraus, ohne dort jedoch etwas zu fixieren. Die Leserin ist die Mutter des Künstlers, so wie er sie wahrscheinlich in zahllosen Stunden vor sich gesehen hat.

Zugleich weist der Titel jedoch auf eine andere Ebene hin. Wird der Holzschnitt vor dem Hintergrund der Verfolgungssituation der Angehörigen einer verbotenen Religionsgemeinschaft gesehen, eröffnen sich an ihm Fragen nach den Möglichkeiten des künstlerischen Schaffens innerhalb einer Diktatur. Nicht nur das Lesen als solches ist dann von Interesse, sondern die - nur indirekt - herauszulesende persönliche Verfolgungserfahrung tritt deutlich hervor. Durch dieses nicht zufällig gewählte Motiv der „Bibelleserin" dokumentiert Heinz Tetzner eindrucksvoll zurückhaltend die innere Kraft einer Würde, die sich selbstbehauptend präsentiert.

Auffällig an diesem Holzschnitt sind weiterhin die beiden Leisten, die die Druckplatte horizontal durchschneiden. Der Holzschnitt ist auf der Rückseite eines der oben erwähnten Kuchenbretter entstanden.

Tafel 10: Alles verloren, 1980
Holzschnitt 50/1, signiert, 57 × 26,3 cm

Diesen Holzschnitt gibt es als reinen Schwarz-Weiß-Druck und als Farbholzschnitt, so wie er hier abgebildet ist. Die rote Farbe am Bauch des Mannes ist in einem zweiten Druckvorgang mit einer sehr viel kleineren Druckplatte gedruckt worden.

Die dargestellte Figur ähnelt in ihrer Kompaktheit der Trauernden von Tafel 5. Während sich aber dort die Frau mit ihrer Gestik ganz in sich selbst zurückgezogen hat, ist es hier so, dass sich der Mann dem Betrachter zeigt, fast scheint er Kontakt aufnehmen zu wollen. Dieser Eindruck entsteht durch den direkten Blick, aus den von schweren Trauerringen unterlegten, müden Augen und der Gestik seiner Hände, deren Handflächen er dem Betrachter zeigt.[2]

Obwohl der Holzschnitt nicht als Selbstbildnis bezeichnet ist, kann man davon ausgehen, dass Tetzner sich selbst für diesen Holzschnitt Modell gestanden hat, wofür schon die Form der Haare spricht, die auf mehreren gezeichneten und gedruckten Selbstporträts von Tetzner zu finden ist.

Tafel 11: Selbst, 1980er Jahre
Holzschnitt, signiert, 44,6 × 32,5 cm

Im Werk Tetzners sind sehr viele Selbstbildnisse - gezeichnet, gedruckt und gemalt - zu finden. Sicherlich war sich Tetzner, wie er auch selbst sagt, in der Abgeschiedenheit in Gersdorf selbst ein gutes Modell, das ihm immer verfügbar war und das er am intensivsten studieren konnte. Doch die Selbstbildnisse sind auch eine Selbstreflektion.

Das hier abgedruckte Selbstporträt zeigt Tetzner mit einem eher zweifelnden, nachdenklichen Gesichtsausdruck, was der

oben beschriebenen Situation der Familie Tetzner in den achtziger Jahren entspricht.

Tafel 12: Der Weg, 1990
Holzschnitt 15/1, signiert, 27,5 × 20 cm

Auch in diesem Holzschnitt sind die angegebenen Motive auf das Wesentlichste reduziert. Es ist eine Person zu sehen, die durch den langen Umhang, den sie über den Kopf gezogen hat, nicht eindeutig als Mann oder Frau zu identifizieren ist. Wahrscheinlich ist es eine Frau, da sie anscheinend einen Gehstock benutzt, sogar eine ältere Frau. Die Frau scheint sich den Naturgewalten entgegen zu stemmen, obwohl bei näherer Betrachtung gar keine Naturgewalten dargestellt sind. Außer der nach vorne gebeugten Person, sind nur ein nicht weiter bezeichneter Weg, ein eher leichter Regen und der Stamm eines Baumes rechts im Bild angedeutet. So fragt man sich, stemmt sich die Person gegen den Wind oder ist sie nicht eher ein Sinnbild für den Lebens-Weg des Menschen. Ein Mensch, der sich gegen die Widerstände, die ihm im Leben entgegengebracht werden, entgegen stemmt, um nicht verbogen zu werden, um seinen eigenen Weg gehen zu können; ganz den Erfahrungen des Künstlers entsprechend.

Tafel 13: Vergewaltigt, 1990
Holzschnitt 15/1, signiert, 60,9 × 43,4 cm

Diesen Holzschnitt hat Tetzner zwar mit „Vergewaltigt" bezeichnet, aber er kann auch symbolisch für die Frau als Opfer männlicher Gewalt und Unterdrückung, ob nun im Konzentrationslager oder im Krieg, allgemein stehen.

Im Hintergrund stehen drei Soldaten, mit Helmen, einer trägt ein Gewehr bei sich, die der Frau und dem Betrachter den Rücken zuwenden. Im Vordergrund sitzt eine

Frau, die außer einem langen Umhang, den sie sich bis zum Haaransatz über den Kopf gezogen hat, nackt ist und sich mit den Händen an die Schläfen greift. Durch die Zeichnung des Oberkörpers und die überlangen Gliedmaßen, wirkt sie fast skelettiert. Obwohl die Männer im Hintergrund von der Frau abgewandt sind, wirken sie durch ihre kompakten schwarzen Körper wie eine drohende, dunkle Wand. Die Nacktheit der Frau im Zusammenhang mit den dunklen Soldaten im Hintergrund, weckt sofort Assoziationen von Scham, Demütigung bis hin zu Tod.

Während Tetzner in der Zeichnung (Abb. 16) noch einen Fußboden und die Bank, auf der die Frau sitzt, angegeben hat, verzichtet er im Holzschnitt darauf, um den Blick ganz auf die Frau und die Soldaten und ihre Beziehung zueinander zu konzentrieren.

Mit dem Titel hat Tetzner dem Holzschnitt jedoch assoziative Bahnen vorgegeben, der ansonsten auch anders gelesen werden könnte. Die Darstellung des verzweifelt-erschöpften Menschen verweist in diesem Fall auf den Menschen als Opfer vergewaltigender menschlicher Gewalt. Die nahezu skelettierte Nacktheit der Person verweist weiter auf die Existenzbedingungen in den Konzentrationslagern.

In beiden Fällen verdichtet dieser Holzschnitt die Gewalterfahrungen des 20. Jahrhunderts in einem expressiven Ausdruck der Ohnmächtigkeit und Verlassenheit der Verfolgungsopfer.

Abb. 16:
ohne Titel, ohne Jahr
Zeichnung, signiert,
41,6 × 29,5 cm.

**Tafel 14: Gequält, gefoltert,
Anfang der 1990er Jahre**
Radierung, 42 × 32 cm

Für diese Radierung nimmt Tetzner eine
Zeichnung von 1981 als Vorlage (Abb. 17)
und füllt den Hintergrund mit den gleichen
Motiven (Soldaten und Mond oder Sonne)
wie in dem Holzschnitt zuvor (Tafel 13). Die
Person im Vordergrund, wahrscheinlich eine
Frau, hat den Kopf extrem nach links geneigt
und die Arme hängen schlaff herunter. Fast
scheint es, als würde sie durch den Pfahl hinter ihr gestützt werden. Von einer zweiten
Person, wohl auch einer Frau, ist unten
rechts in der Radierung nur der Kopf und ein
Teil des Oberkörpers zu sehen. Automatisch
stellt sich die Frage nach der Beziehung beider Personen. Die Haltung der stehenden
Person und gerade auch ihre Nacktheit vermitteln ein Gefühl von Schutzlosigkeit, Ausgeliefert sein und – vor den Soldaten im Hintergrund – der Demütigung. Hier fühlt man
sich an den Text von Charlotte Tetzner in
diesem Buch erinnert, in dem sie beschreibt,
wie sie sich besonders gedemütigt und gequält fühlte, als sie nackt – unter den Blicken
der Wachmannschaft – über die Straße laufen musste. Damit entstand sicherlich auch
diese Radierung unter den Eindrücken, die
im Zusammenhang mit der in den neunziger
Jahren beginnenden Aufarbeitung der NS-
Verfolgung der Zeugen Jehovas, wofür auch
Charlotte Tetzner von Historikern befragt
wurde, stehen. Wie oben beschrieben, führte
dies dazu, dass beide Tetzners sich mit der
Verfolgung von Charlotte und mit Literatur
über die Situation der Verfolgung im Nationalsozialismus und in den nationalsozialistischen Konzentrationslagern im Speziellen erneut intensiv beschäftigten.

Abb. 17:
Gequält, gefoltert, 1981
Zeichnung, signiert, 41,6 × 29,5 cm

Tafel 15: Häftlinge im Lager, ca. 2000

Zeichnung (Kohle mit Tusche), 42 × 59 cm

Die Zeichnung „Der Krieg" (Abb. 18) zeigt sehr gut, wie Heinz Tetzner das Motiv der Tafel 13 wieder aufgegriffen und mit anderen Motiven – Zaun und Stiefel, als Synonyme für Eingesperrtsein und Gewalt – kombiniert hat. In der Zeichnung „Häftlinge im Lager" sind die Motive Zaun und Stiefel ebenfalls wieder zu finden, hier jedoch sehr verkürzt, ohne aber ihre Wirkung auf den Betrachter – als Metaphern für Eingesperrtsein und Gewalt – zu verlieren. Denn mit dieser Zeichnung assoziiert man eindeutig Bilder von Konzentrationslagern. Im Vordergrund die beiden kahl geschorenen, nackten, abgemagerten auf dem Boden liegenden Personen, deren überlange Glieder schon fast skelettiert wirken, erinnern – obwohl es hier nur zwei Personen sind – an die Bilder von Leichenbergen in den Konzentrationslagern.

Tafel 16: Im Lager, ca. 2000

Zeichnung (Kohle mit Tusche), signiert, 59,3 × 41,6 cm

In der Zeichnung „Im Lager" ist am oberen Bildrand ebenfalls ein Zaun zu sehen. Wodurch diese Szene wiederum eindeutig ein Lager bezeichnet. Den Hauptteil der Zeichnung nehmen vier Personen ein, die mit müden, erschöpften und hoffnungslosen Blicken zu der dunklen Person unten rechts in der Zeichnung aufsehen. Obwohl diese dunkel gezeichnete Person am unteren rechten Rand der Zeichnung dargestellt ist, schauen die anderen Personen zu ihr auf. Die Hierarchie, das Verhältnis der Personen auf der Zeichnung zueinander ist eindeutig. Tetzner schafft es hier, allein durch die Gesichtausdrücke und die Blickrichtungen, das demütigende Verhältnis

Abb. 18: Der Krieg
Zeichnung, signiert, 41,6 × 29,5 cm

der Internierten/der KZ-Häftlinge zu dem Aufseher deutlich zu machen.

Tafel 17: In Erwartung, 2001
Holzschnitt 18/7,
signiert, 60,2 × 54,2 cm

Dieser verhältnismäßig große, zweifarbige Holzschnitt zeigt ein Paar, das nebeneinander steht. Beide schauen aus dem Bild heraus, vorsichtig, aber auch erwartungsvoll. Während der Mann den Kopf ein wenig zwischen den Schultern eingezogen hat und auch durch seine dunkle Kleidung etwas starr wirkt, ist die Frau in fließenden Linien gezeichnet, mit leicht geöffnetem Mund, fast als sei sie in Bewegung, um den nächsten Schritt aus dem Bild heraus zu machen.

Durch die Haartracht des Mannes, sehr ähnlich der auf dem Holzschnitt „Alles verloren" (Tafel 10), entsteht sehr schnell die Vorstellung, dass es sich um das Ehepaar Tetzner handeln könnte. Wie dem auch sei, die Personen auf dieser Grafik schauen längst nicht mehr so nachdenklich, vorsichtig aus dem Bild heraus wie die Personen auf den Holzschnitten Tetzners aus den achtziger Jahren.

Tafel 18: Sich Bückender,
Gebückter oder Gebeugter, ca. 2002
Holzschnitt, 42,5 × 27,4 cm

Für diesen Holzschnitt greift Tetzner auf eine Zeichnung von 1985, die also sieben Jahre früher entstanden ist, als Vorlage zurück (Abb. 19). Die dargestellte Person ist sehr abgemagert, fast schon skelettiert, die Arme sind unnatürlich lang. Die Haltung ähnelt der der Gequälten von Tafel 14.

Abb. 19: ohne Titel, 1985
Zeichnung, signiert, 41,7 × 29,5 cm

Doch hier ist ihre Haltung nochmals gesteigert, eigentlich schon unrealistisch für einen Lebenden. Man kann sich die Person kaum aufrecht stehend vorstellen. Es scheint sich hier eher um eine tote Person zu handeln. Es entstehen Assoziationen mit den ausgemergelten, zu einem Stacheldraht verflochtenen und verrenkten Menschenleibern des „Internationalen Mahnmals" auf dem ehemaligen Appellplatz in der KZ-Gedenkstätte Dachau.

Während Tetzner in der Zeichnung (Abb. 19) den Hintergrund mit dicken Strichen dunkel gefärbt hat, lässt er im Holzschnitt nur einige wenige Stege zwischen den Armen und einen Streifen rechts stehen. Dadurch wird der Holzschnitt noch expressiver, die Person überlängter und der dunkle Streifen rechts erhöht die Spannung. Der Streifen scheint die Person – obwohl er sie nicht berührt – noch zusätzlich zur Seite zu drücken.

Tafel 19: Mutter mit totem Kind, ca. 2003

Zeichnung (Sepiakreide),
signiert, 50 × 65 cm

Bei den beiden Zeichnungen „Mutter mit totem Kind" und „Zyklon B" handelt es sich um Szenen aus einem Konzentrationslager. Dabei vermischt Heinz Tetzner die Erzählungen seiner Frau und anderer Zeitzeugen mit dem, was er gelesen hat und seiner eigenen Imaginationskraft. Als erstes entstand die Zeichnung der „Mutter mit totem Kind". Sie stellt eine stark abgemagerte Frau mit vor Trauer und Schmerz weit aufgerissenem Mund dar, die mit ihren überlangen dünnen Armen versucht, ihr Kind zu halten. Die Gestik des Haltens, des Greifens läuft aber ins Leere, das Kind entgleitet ihr. Auch ohne, dass Heinz Tetzner es erzählt hätte, ist der Bezug zu den Konzentrationslagern wieder, wie in früheren Grafiken, ebenso hier durch die abgemagerten Menschen mit den überlangen Gliedmaßen gegeben, was hier noch durch die nackten Schädel (obwohl ein paar Haare angedeutet sind) verstärkt wird.

Tafel 20: Zyklon B, ca. 2003

Zeichnung (Sepiakreide),
signiert, 50 × 65 cm

Hier hat Tetzner das Thema der vorherigen Zeichnung (Tafel 19) erweitert. Es ist ein weiterer nach links aus dem Bild heraus Liegender, Toter, und die Dose mit der Aufschrift „Zyklon" hinzugekommen. Durch den dunklen Hintergrund und das Ausschütten einer Substanz aus dem Zyklon-Behälter, wirkt die Szene wie ein Ausschnitt aus der Gaskammer in der die Menschen im Augenblick ihres Todes festgehalten sind. Der Frau ist nicht nur das Kind schon entglitten, jetzt kämpft sie selbst mit dem Tod.

Biografische Daten zu Heinz Tetzner

1920	am 8. März in Gersdorf geboren
1934–1937	Lehre als Musterzeichner. Aktzeichner, Abendschule Chemnitz
1939–1945	Soldat, Kriegsgefangenschaft
1941	Gastschüler an der Kunstakademie Königsberg
1944	Aufenthalt in Südfrankreich. Erste Aquarelle in der Umgebung von Aix en Provence
1946	Besuch bei Gabriele Münter
1946–1950	Studium an der Hochschule für Bau und Bildende Kunst Weimar bei Prof. Kirchberger und Prof. Herbig. Bekanntschaft mit Schmitt-Rottluff. Martha Schrag erwirbt Holzschnitte und Lithos für das Chemnitzer Museum. Kupferstichkabinett Dresden erwirbt Handzeichnungen.
1951–1953	Dozent an der Hochschule für Bau und Bildende Kunst Weimar
1951	Heirat mit Charlotte, geb. Decker
1952	erste umfassende Ausstellung im Museum Glauchau
1954	Rückkehr nach Gersdorf und freischaffend tätig
1955	Max-Pechstein-Kunstpreis der Stadt Zwickau. Nach Ablehnung Aufnahme in der Verband Bildender Künstler Deutschlands
1956/57	Kunstpreis des Bezirks Karl-Marx-Stadt (heute Chemnitz)
1960	Dozent an der Fachschule für angewandte Kunst Schneeberg
1961–1972	intensive künstlerische Arbeit. Ausstellungen
1976	umfassende Einzelausstellungen im Museum Chemnitz
1981	Herausgabe des Kunstheftes „Tetzner" von Karl Brix
1984	Herausgabe des Katalogs „Heinz Tetzner" von Reiner Zimmermann
1986	Gast an der Akademie der Künste Berlin
1987	Max-Pechstein-Preis (zweites Mal)
1988	Teilwerkverzeichnis 1940–1987
1990	Retrospektiv zum 70. Geburtstag in den Städtischen Kunstsammlungen Chemnitz
1992	Aufenthalt in Südfrankreich. Ausstellungen im In- und Ausland
1993	erneuter Aufenthalt in Südfrankreich. Ausstellung zum 75. Geburtstag. Ehrenbürger von Gersdorf. Fernsehsendung im RTL „Der Maler Tetzner"
1996	Ausstellung in Galerie Montserrat, Broadway New York zusammen mit vier anderen Chemnitzer Künstlern. Grafikpreis der Neuen Sächsischen Galerie, Chemnitz anlässlich der Ausstellung „100 Sächsische Grafiken"
1998	Grafikpreis der Neuen Sächsischen Galerie, Chemnitz anlässlich der Ausstellung „100 Sächsische Grafiken"
1999	Bundesverdienstkreuz 1. Klasse für sein Lebenswerk. Sächsischer Kunstpreis Südwestsachsens
2001	Eröffnung des Heinz-Tetzner-Museums, Gersdorf

Ausstellungen (Auswahl)

1952 Schlossmuseum, Hinterglauchau
1955 Museum Zwickau
1958 Galerie Kuehl, Dresden
1961 Cotta-Club, Freiberg
1972 Kleine Galerie, Meerane
1974 galerie oben, KMSt./Chemnitz
1976 Akademie der Wissenschaft, Dresden
     Museum KMSt./Chemnitz
1979 galerie oben, KMSt./Chemnitz
1980 Galerie im Turm, Berlin
1981 Galerie Schmitt-Rottluff, KMSt./Chemnitz
1982 Galerie im Schauspielhaus, KMSt./Chemnitz
     Museum Hinterglauchau
     Galerie Kuehl, Dresden
1983 Akademie der Wissenschaft, Dresden
     Galerie Marktschlösschen, Halle
1984 Galerie Blechen, Cottbus
     Galerie Schildergasse, Köln
1985 Galerie im Cranachhaus, Weimar
1986 Galerie Mitte, Berlin
     Akademie der Künste, Berlin
     Galerie Schmitt-Rottluff, KMSt./Chemnitz
1987 Kleine Galerie, Hohenstein-Ernsttal
     Galerie Bismarckstraße, Düsseldorf
     Museum Zwickau
1988 Ephraimpalast, Berlin
1989 Kunsthaus, Bregenz
1990 Retrospektive, Städtische Kunstsammlung, Chemnitz
1991 Galerie 89, München
1993 Galerie ART-IN, Meerane
1994 Galerie Domhof, Zwickau
     Schloss Dresden, Sächsische Künstler
     Kleine Galerie Erfurth+Partner, Chemnitz
1995 Galerie Art Gluchowe, Glauchau
     Kleine Galerie, Hohenstein-Ernsttal
     Neue Sächsische Galerie, Chemnitz

1996 Galerie Montserrat, Broadway, New York
     Kunstverein Plauen–Vogtland e.V.
     Galerie im Malzhaus
1997 Galerie im Cranachhaus, Weimar
1998 Bilderhaus Krämerbrücke, Erfurt
     Galerie Bismarckstraße, Düsseldorf
     Rathausgalerie, Langenfeld
1999 Nikolaikirche (Galerie), Auerbach/Vogtland
     Rheinländisches Museum Fr.v.Stein, Langenfeld
2000 Kunsthalle, Bad Elster
     bisher größte Ausstellung in der Neuen Sächsischen
     Galerie, Chemnitz
     Gymnasium, Stollberg
2001 SchmidtBank Galerie, Lichtenstein
     Eröffnung des Heinz-Tetzner-Museums, Gersdrf
2002 Kunsthalle, Mainz
     Haus Metternich, Koblenz
     Schloss Hinterglauchau
     Bilderhaus Krämerbrücke, Erfurt
2003 Bergbaumuseum Ölsnitz
     Holzschnitte, Lukas-Cranach-Jahr, Weimar
     Schloss Augustburg
     Die Bibel, Galerie Limbach
     Das Selbstbildnis, Weimar
     Festival Europa, Misslareuth
     Kunstkeller Annaberg
     Galerie ART-IN, Meerane
2004 Galerie Rosenkranz, Chemnitz
     Schloss Wildenfels
     Rathaus Lichtenstein
     Hundert Sächsische Grafiken, Chemnitz
     Galerie Burghausen
     Galerie Auerswalde
2005 Retrospektiven zum 85. Geburtstag in Berlin, Dres-
     den, Köln, Schloss Glauchau

Nachwort

Unser herzlicher Dank geht an das Ehepaar Charlotte und Heinz Tetzner. Sie haben uns von Anfang an ungewöhnlich offen und vertrauensvoll empfangen. Ungewöhnlich ist dieses deshalb, weil sie bereit waren, uns sehr persönliche Einblicke in ihre Erfahrungen zu gewähren. Frau Tetzner beantwortete kooperativ, geduldig und verständnisvoll jede noch so unmöglich erscheinende Nachfrage zu ihrem Text und setzte sich immer wieder erneut den Erinnerungen aus – und den mitunter quälenden Lücken. Herr Tetzner, öffnete uns sein umfangreiches ‚Archiv' und vermittelte uns so tiefere Einblicke in seine Auseinandersetzung, die um das Thema Diktaturerfahrung kreist, obwohl es sich um ein Projekt handelt, das mit den Worten „work in progress" umschrieben werden kann. An die sehr freundliche Aufnahme in ihrem Haus, an die inspirierende Arbeitsatmosphäre und die – trotz der Ernsthaftigkeit des Projektes – sehr vergnüglichen Gespräche, bei denen Herr Tetzner seine clownesken, pantomimischen Fähigkeiten unter Beweis stellte, werden wir uns immer wieder sehr gerne zurückerinnern.

Anmerkungen

Anmerkungen zu:
Vorwort

1 Semprun, Jorge, Schreiben oder Leben, Frankfurt am Main 1997, S. 285.
2 Ebd., S. 344f.

Anmerkungen zu:
Vier und Vierzig – Verfolgung und Widerstand der Zeugen Jehovas im Nationalsozialismus und in der DDR

1 Saul Friedländer, Memory, History and the Extermination of the Jews of Europe, Indianapolis 1993, S. VII, hier zitiert nach Young, E. James, Zwischen Geschichte und Erinnerung. Über die Wiedereinführung der Stimme in die historische Erzählung, in: Harald Welzer (Hg.), Das soziale Gedächtnis. Geschichte, Erinnerung, Tradierung, Hamburg 2001, S. 41–62, S. 41 (deutsch von Iris Humer und Harald Welzer).
2 Saul Friedländer, Trauma, Transference and ‚Working through‘ in Writing the History of the Shoah, in: History and Memory, 4, 1992, S. 41, hier zitiert nach Young, E. James, Zwischen Geschichte und Erinnerung. Über die Wiedereinführung der Stimme in die historische Erzählung, in: Harald Welzer (Hg.), Das soziale Gedächtnis. Geschichte, Erinnerung, Tradierung, Hamburg 2001, S. 41–62, S. 44f. (deutsch von Iris Humer und Harald Welzer).
3 Der Ursprung dieses Begriffes ist unklar. Er ist keine wissenschaftliche Wortschöpfung, sondern ist eher ein technischer Begriff, der vermutlich aus den Notwendigkeiten der Archivarbeit heraus entstand, um die Tatsache zweier Verfolgungen in einer Datenbank erfassen und bezeichnen zu können. Er bezog sich von Anfang an auf eine doppelte Verfolgung in der NS- und DDR-Zeit und nicht auf etwaige andere denkbare Verfolgungen, denen die Anhänger der Religionsgemeinschaft in ihrer Geschichte unterworfen waren, so z.B. in Rumänien, Ungarn und der Sowjetunion (vgl. Dirksen, Hans-Hermann, Eine doppelte europäische Diktaturerfahrung: Die Verfolgung der Zeugen Jehovas in Rumänien und Ungarn, in: Gerhard Besier/Clemens Vollnhals (Hg.), Repression und Selbstbehauptung. Die Zeugen Jehovas unter der NS- und der SED-Diktatur, Berlin 2003, S. 327–357). Wie im letztgenannten Aufsatz angedeutet, fand der Begriff eine Erweiterung im Sinne einer doppelten Verfolgung unter der NS- und einer kommunistischen Diktatur. Außerdem taucht er zunehmend im Zusammenhang mit einer spezifischen Diktaturerfahrung der Religionsgemeinschaft der Zeugen Jehovas auf, obwohl auch andere Menschen Opfer zweier Diktaturen waren.
4 Vgl. Slupina, Wolfram, Als NS-Verfolgte ein Fall für die Stasi. Die Doppelverfolgung der Zeugen Jehovas unter dem NS- und SED-Regime, in: Besier/Vollnhals (Hg.) 2003, S. 247–282, S. 257. Davon befanden sich 325 in beiden Diktaturen in Haft (Zahl ebd.).
5 Zur NS-Verfolgung vgl. das Standardwerk von Garbe, Detlef, Zwischen Widerstand und Martyrium. Die Zeugen Jehovas im „Dritten Reich“, München ⁴1999 (ein aktueller Forschungsbericht zur NS-Zeit Garbe, Detlef, Verfolgung und Widerstand der Zeugen Jehovas im Nationalsozialismus, in: Besier/Vollnhals (Hg.) 2003, S. 15–36; zur DDR-Zeit vgl. Dirksen, Hans-Hermann, „Keine Gnade den Feinden unserer Republik“. Die Verfolgung der Zeugen Jehovas in der SBZ/DDR 1945–1990, Berlin ²2003; Hirch, Waldemar, Die Glaubensgemeinschaft der Zeugen Jehovas während der SED-Diktatur. Unter besonderer Berücksichtigung ihrer Observation und Unterdrückung durch das Ministerium für Staatssicherheit, Frankfurt 2003, sowie Hacke, Gerald, Zeugen Jehovas in der DDR – Verfolgung und Widerstand einer religiösen Minderheit, Dresden 2000.
6 Vgl. Garbe, Detlef, Zwischen Widerstand und Martyrium. Die Zeugen Jehovas im „Dritten Reich“, München ³1997, S. 47. Dieser Abschnitt des Aufsatzes entstand unter Mitarbeit von Jürgen Harder.
7 Vgl. Hellmund, Dietrich, Geschichte der Zeugen Jehovas in der Zeit von 1870 bis 1920. Mit Anhang: Geschichte der Zeugen Jehovas in Deutschland bis 1970, Diss., Hamburg 1972. Hier: Kap. VI, 1 Die Anfänge in Deutschland.
8 Vgl. Rosenberg, Alfred, Die Protokolle der Weisen von Zion und die jüdische Weltpolitik (1923), in: ders., Schriften und Reden, Bd. 2: Schriften aus den Jahren 1921–1923, München 1943, S. 249–428, besonders S. 406ff.
9 Vgl. Eckart, Dietrich, Der Bolschewismus von Mose bis Lenin. Zwiegespräche zwischen Adolf Hitler und mir, München 1924, S. 39.
10 Vgl. Fetz, August, Weltvernichtung durch Bibelforscher und Juden, München 1925, S. 6: „Wer aus der Bibelforscherlehre die Judenfrage nimmt, der nimmt ihr die Seele.“
11 Vgl. Fetz, August, Der große Volks- und Weltbetrug durch die „Ernsten Bibelforscher“!, Hamburg ⁴1924, S. 34ff.
12 Vgl. Garbe ³1997, S. 58–85.
13 Vgl. Garbe ³1997, S. 71.
14 Die „Apologetische Centrale“ war als Informations- und „Materialstelle für alle religiösen, weltanschaulichen, sektiererischen Bewegungen“ gedacht. Vgl. Schweitzer, Carl (Hg.), Antwort des Glaubens. Handbuch der neuen Apologetik, Schwerin 1928, S. 291. Die „Apologetische Centrale“ wurde 1937 verboten. Das gesammelte Material über die Bibelforscher wurde von der Gestapo beschlagnahmt, die daraus für sie wichtige Erkenntnisse ableiten konnte. Vgl. Garbe

[3]1997, S. 72, Anm. 120. Konrad Algermissen bezeichnete die Bibelforscher als eine „Landplage und Volksseuche". Vgl. Algermissen, Konrad, Christliche Sekten und Kirche Christi, Hannover 1925 (zweite und dritte neubearbeitete und erweiterte Auflage), S. 284.

15 Vgl. Braeunlich, Paul, Die Ernsten Bibelforscher als Opfer bolschewistischer Religionsspötter, Leipzig 1926, S. 35.

16 Vgl. Loofs, Friedrich, Die Internationale Vereinigung Ernster Bibelforscher, Leipzig [2]1921, S. 5, S. 31.

17 Vgl. Schlegel, Fritz, Die Wahrheit über die „Ernsten Bibelforscher", Freiburg im Breisgau 1922, S. 269.

18 Vgl. Fetz [4]1924, S. 34.

19 Vgl. Garbe [3]1997, S. 87ff.

22 Artikel in: Das Goldene Zeitalter, vom 15. Februar 1933, S. 50-53 mit dem Titel: „Was verstehen Jehovas Feinde unter ‚international'?"

21 Garbe [3]1997, S. 84.

22 Garbe [3]1997, S. 96.

23 Hier zitiert aus: Garbe [3]1997, S. 100.

24 Ebd.

25 Am 10. April 1933 wurde das Verbot der Bibelforschervereinigung für das Land Mecklenburg-Schwerin vom Innenministerium erlassen. Vgl. Garbe 1997, S. 87ff. Das Verbot für Bayern folgte am 13. April. Vgl. Hetzer, Gerhard, Ernste Bibelforscher in Augsburg; in: Broszat, Martin (Hg.), Herrschaft und Gesellschaft im Konflikt, Bayern in der NS-Zeit, Bd. IV, München 1981, S. 621-643, hier S. 623. Zu den Verboten in Sachsen und Hessen vgl. Garbe [3]1997, S. 81f.

26 Vgl. Hutten, Kurt, Seher. Grübler. Enthusiasten. Das Buch der traditionellen Sekten und religiösen Sonderbewegungen, Stuttgart 1982, S. 118.

27 Zitiert nach Garbe [3]1997, S. 93.

28 Vgl. Steinberg, Hans-Josef, Widerstand und Verfolgung in Essen 1933-1945, Hannover 1969, S. 163-165.

29 Vgl. Albertin, Lothar/Burkhardt, Klaus/Itzerott, Brigitte/Koch, Manfred, Die kleinen Glaubensgemeinschaften, in: Mathias, Erich/Weber, Hermann (Hg.), Widerstand gegen den Nationalsozialismus in Mannheim, Mannheim 1984, S. 415-434, S. 417; Stokes, Lawrence D., Kleinstadt und Nationalsozialismus. Ausgewählte Dokumente zur Geschichte von Eutin 1918-1945, Neumünster 1984, S. 705, Anm. 2; Garbe [3]1997, S. 96.

30 Garbe [3]1997, S. 96.

31 Ebd.

32 Vgl. Der Preußische Minister des Innern, Verfügung vom 24. Juni 1933 (II G 1316a), vollständig abgedruckt bei Garbe [3]1997, S. 100f., sowie bei Zürcher, Franz, Kreuzzug gegen das Christentum. Moderne Christenverfolgung. Eine Dokumentation, Zürich 1938, S. 75-77.

33 Vgl. Hutten 1982, S. 118; Garbe [3]1997, S. 102ff.

34 Jahrbuch 1934, S. 91ff., sowie Gebhard, Manfred (Hg.), Die Zeugen Jehovas. Eine Dokumentation über die Wachtturmgesellschaft. Lizenzausgabe der 1970 im Urania-Verlag Leipzig erschienenen Erstausgabe, Schwerte/Ruhr 1971, S. 161ff.

35 Vgl. Zipfel, Friedrich, Kirchenkampf in Deutschland 1933-1945. Religionsverfolgung und Selbstbehauptung der Kirchen in der nationalsozialistischen Zeit, Berlin 1965, S. 181f.; Kater, Michael H., Die Ernsten Bibelforscher im Dritten Reich, in: Vierteljahrshefte für Zeitgeschichte 17 (1969), S. 181-218, S. 191ff.

36 Vgl. Hutten 1982, S. 118f.; Jahrbuch 1935, S. 82; Jahrbuch 1974, S. 132ff.; Zipfel 1965, S. 182; Garbe [3]1997, S. 127ff. Die Beschlüsse wurden im Jahrbuch 1935 abgedruckt, vgl. dazu auch: Zipfel 1965, S. 182, Anm. 1; Kater 1969, S. 212, Anm. 1; Steinberg 1969, S. 160; Garbe [3]1997, S. 129; Albertin u.a. 1984, S. 418.

37 Imberger, Elke, Widerstand „von unten". Widerstand und Dissens aus den Reihen der Arbeiterbewegung und der Zeugen Jehovas in Lübeck und Schleswig-Holstein 1933-1945, Diss., Neumünster 1991, S. 308-318.

38 Jahrbuch 1974, S. 132ff.; Hutten 1982, S. 118.

39 Cole, Marley, Jehovas Zeugen. Die Neue-Welt-Gesellschaft. Geschichte und Organisation einer Religionsbewegung, Frankfurt am Main 1956, S. 194, Anm. 15.

40 Garbe [3]1997, S. 130.

41 Vgl. Lagebericht der Staatspolizeistelle Hannover an das Geheime Staatspolizeiamt Berlin für den Monat Oktober (4. November 1934), zitiert nach: Mylnek, Klaus (Hg.), Gestapo Hannover meldet .... Polizei und Regierungsberichte für das mittlere und südliche Niedersachsen zwischen 1933 und 1937, Hildesheim 1986, S. 260.

42 Dieses wurde verschiedentlich auch in den Berichten der Staatspolizeistellen der Länder moniert: „Die Verfahren werden von den Gerichten allgemein mit der Begründung eingestellt, dass eine Verurteilung mit Rücksicht auf das gefällte Urteil des Sondergerichts in Darmstadt vom 26.3.1934 nicht zu erwarten sei. Durch die erfolgten Freisprüche werden die Anhänger der verbotenen ‚Internationalen Bibelforschervereinigung' in jeder Weise umso dreister und treten dadurch immer stärker auf. Es dürfte sich empfehlen, Rechtsverhältnisse zu schaffen, durch die sie im Falle illegaler Arbeit strafrechtlich belangt werden können." (In dem Urteil von Darmstadt wurden 29 Männer und Frauen trotz ihrer Aktivität für die Zeugen Jehovas freigesprochen, da die Vereinigung der Bibelforscher zwar nach Landesrecht verboten sei, jedoch nach wie vor Artikel 137 der Reichsverfassung (betr. Religionsgesellschaften) gelte und Reichsrecht vor Landesrecht gehe. Vgl. Mylnek 1986, S. 261).

43 Vgl. Garbe [3]1997, S. 133; Albertin u.a. 1984, S. 419; Zipfel 1965, S. 182, Anm. 1; Kater 1969, S. 192, Anm. 2.

44 Vgl. Garbe [3]1997, S. 155ff.

45 Vgl. Garbe [3]1997, S. 155. Zu Demütigungen und Misshandlungen von Zeugen

und Zeuginnen Jehovas vgl. die Berichte von Glaubensangehörigen in: Jahrbuch 1974, S. 115ff.; Zürcher 1938, S. 114ff., 126ff.

46 Zur Funktion des „Hitler Grußes" als Instrument der Gewissenskontrolle und Herrschaftssicherung vgl. Bettelheim, Bruno, Aufstand gegen die Masse. Die Chance des Individuums in der modernen Gesellschaft, München 1960, S. 313 sowie ders., Die psychische Korruption durch den Totalitarismus, in: ders., Erziehung zum Überleben. Zur Psychologie der Extremsituation, Stuttgart 1980, S. 332ff.

47 Vgl. Garbe [3]1997, S. 157.

48 Vgl. Garbe [3]1997, S. 159.

49 Vgl. Neugebauer, Wolfgang, „Ernste Bibelforscher" (Internationale Bibelforscher-Vereinigung), in: Widerstand und Verfolgung in Wien 1934–1945. Eine Dokumentation, hrsg. vom Dokumentationsarchiv des Österreichischen Widerstandes. Bd. 3, 1938–1945, Wien 1975, S. 161–185, S. 176f.

50 Ende der dreißiger Jahre zählte der NSV über zehn Millionen Mitglieder. Vgl. Zimmermann, Josef Franz, Die NS-Volkswohlfahrt und das Winterhilfswerk des deutschen Volkes, Würzburg 1938.

51 Der Reichsluftschutzbund hatte 1939 13,5 Millionen Mitglieder. Vgl. Teetzmann, Otto A., Der Luftschutz-Leitfaden für alle, Berlin 1935, S. 98.

52 Formell war die Mitgliedschaft zur DAF freiwillig. 1938 gehörten der DAF 20 Millionen Mitglieder an. Vgl. Mason, Thimothy, Sozialpolitik im Dritten Reich. Arbeiterklasse und Volksgemeinschaft, Opladen 1977, S. 100ff.; Mai, Gunther, „Warum steht der deutsche Arbeiter zu Hitler?" Zur Rolle der Deutschen Arbeitsfront im Herrschaftssystem des Dritten Reichs; in: Geschichte und Gesellschaft 12 (1986), S. 212–234, S. 212ff.

53 Vgl. Garbe [3]1997, S. 163f.

54 Vgl. Garbe [3]1997, S. 247.

55 Die „Resolution" ist vollständig abgedruckt bei: Zipfel 1938, S. 363–366.

56 Vgl. Jahrbuch 1974, S. 174. Vgl. Jahrbuch 1974, S. 155 sowie Bergmann, Jerry, The Jehova's Witness and Kinred Groups. Sects and Cults in Amerika: Bibliographical Guides. Garland Reference Library of Social Science, Vol.180, o. O. 1984. S. 21.

57 HSTA Düsseldorf, RW 58, 4502, Bl. 151, Bl. 152.
Eine Dokumentensammlung zur NS-Verfolgungsgeschichte der Zeugen Jehovas mit den wichtigsten Quellen (u.a. den so genannten Verpflichtungserklärungen (s. weiter unten)) befindet sich in Hesse/Harder 2001, S. 419–464.

58 Vgl. Garbe [3]1997, S. 245.

59 Zitiert nach Garbe [3]1997, S. 373.

60 Garbe [3]1997, S. 375f. Bredemeier, Karsten, Kriegsdienstverweigerung im Dritten Reich, Baden-Baden 1991, S. 86 kommt zu dem Schluss, dass die Zeugen Jehovas wohl insgesamt „das größte Kontingent der Verweigerer" gestellt haben. Garbe schließt, dass die Gesamtzahl der hingerichteten Kriegsdienstverweigerer „nicht wesentlich" höher als die für die Zeugen Jehovas angegebene Zahl läge. Garbe [3]1997, S. 376, Anm. 227. Vgl. a. Raumer, Dietrich von, Zeugen Jehovas als Kriegsdienstverweigerer. Ein trauriges Kapitel der Wehrmachtjustiz, in: Roser, Hubert (Hg.), Widerstand als Bekenntnis. Die Zeugen Jehovas und das NS-Regime in Baden und Württemberg, Konstanz 1999, S. 181–220. Horst Schmidt, Der Tod kam immer montags. Verfolgt als Kriegsdienstverweigerer im Nationalsozialismus (hgg. von Hans Hesse), Essen 2003.

61 Zu bedenken ist dabei, dass Dickmann ‚verfahrenslos' auf Anordnung des RFSS (Reichsführer SS) Himmler hingerichtet wurde.

62 Hier zitiert nach Garbe [3]1997, S. 420. Für die folgende Schilderung vgl. ebd. ff.

63 Die Schwägerin von August Dickmann, Änne Dickmann, wird später an der Kriegsdienstverweigerung der Frauen im FKL Ravensbrück teilnehmen. Vgl. Hesse/Harder 2001, S. 149.

64 Später sollen von ca. 450 Zeugen Jehovas 16–18 unterschrieben haben. Garbe [3]1997, S. 423, Anm. 420. Zu den „Verpflichtungserklärungen" s. weiter unten.

65 Vgl. Garbe [3]1997, S. 422.

66 Ebd., S. 402–473.

67 Ebd., S. 407.

68 Garbe [3]1997, S. 403.

69 Vgl. hierzu ausführlich Hesse/Harder 2001.

70 Zur Geschichte dieses Lagers vgl. aktuell Strebel, Bernhard, Das KZ Ravensbrück. Geschichte eines Lagerkomplexes, Paderborn 2003 mit weiteren Literaturverweisen.

71 Eine eingeschränkte Definition des Begriffs „Kriegsdienstverweigerung" führt dazu, dass nur derjenige den „Kriegsdienst" verweigern kann, der zu den „Dienstpflichtigen" gehört. Wenn auch im Folgenden diese Definition weiter verwendet wird, so soll dennoch darauf hingewiesen werden, dass diese Weigerung der Frauen durchaus unter den Begriff „Kriegsdienstverweigerung" subsumiert werden könnte. Vgl. a. Garbe [3]1997, S. 355, Anm. 138. Dieses gilt insbesondere, wenn z.B. die Hinrichtung August Dickmanns als die erste eines Kriegsdienstverweigerers angesehen werden soll.

72 Diese Kriegsdienstverweigerung der Frauen ist den Zeuginnen Jehovas als eine besondere Widerstandhandlung im Gedächtnis geblieben. Vgl. hierzu ausführlich Hesse/Harder 2001, S. 147ff. und S. 256ff.

73 Ebd., S. 151. „Als der Frühling kam, nannten sie uns Friedhofskompanie, wir waren alle Haut und Knochen." Es muss davon ausgegangen werden, dass diese extreme körperliche Schwächung in den folgenden Monaten zu Todesfällen in dem FKL führte.

74 Ausführlich bei Hesse/Harder 2001, S. 151ff.

75 Es handelt sich aller Wahrscheinlichkeit nach nicht um eine Bezeichnung, die sich die betroffenen Zeuginnen Jehovas selber gaben, sondern um eine Beobachtung von außen.

76 Vgl. Hesse/Harder 2001, S. 156ff.

77 Ebd., S. 173f. Demnach starben fast ein Drittel aller österreichischen Zeuginnen Jehovas, unter denen sich sehr viele „Extreme" befunden haben sollen.

78 Ebd., S. 196f.

79 Hier zitiert nach Garbe [3]1997, S. 306. Vgl. a. die Ausführungen bei Hesse/Harder 2001, S. 66ff., S. 181ff. und den Abdruck mehrerer Fassungen im dortigen Dokumentenanhang (S. 439–445).

80 Zu berücksichtigen ist, dass alle zu entlassenen Häftlinge eine „Verpflichtungserklärung" unterschreiben mussten. Für die anderen Häftlingsgruppen war der Text jedoch ein anderer. Ursprünglich galt ein einheitlicher Text für alle Häftlinge. Im Laufe der Jahre und mit der Erfahrung, dass die Zeugen Jehovas bestimmte Formulierungen nicht unterschrieben, schälte sich eine nur für die diese Häftlingsgruppe gültige Fassung heraus.

81 So Buber-Neumann, Margarete, in: Hesse/Harder 2001, S. 70, Anm. 214/215.

82 BA Koblenz R 73/14005. Wir verdanken diesen Hinweis Stefanie Endlich.

83 Zu Ritter und die NS-Verfolgung der Sinti und Roma vgl. u.a. Zimmermann, Michael, Rassenutopie und Genozid. Die nationalsozialistische „Lösung der Zigeunerfrage", Hamburg 1996; Hohmann, Joachim S., Robert Ritter und die Erben der Kriminalbiologie. „Zigeunerforschung" im Nationalsozialismus und in Westdeutschland im Zeichen des Rassismus, Frankfurt am Main 1991; Hesse, Hans/Schreiber, Jens, Vom Schlachthof nach Auschwitz. Die NS-Verfolgung der Sinti und Roma aus Bremen, Bremerhaven und Nordwestdeutschland, Marburg 1999.

84 Zitiert nach: Füllberg-Stolberg, Claus, „Bedrängt, aber nicht völlig eingeengt - verfolgt, aber nicht verlassen" Gertrud Pötzinger, Zeugin Jehovas, in: Claus Füllberg-Stolberg/Martina Jung/Renate Riebe (Hg.), Frauen in Konzentrationslagern. Bergen-Belsen–Ravensbrück, Bremen 1994, S. 321–332, S. 322.

85 Garbe [3]1997, S. 242f.

86 Ebd., S. 244.

87 Ebd.

88 Zu diesem Vernichtungslager vgl. Adler, H. G. u.a. (Hg.), Auschwitz. Zeugnisse und Berichte, Köln 1979; Langbein, Hermann, Menschen in Auschwitz, Wien 1995; Auschwitz. Geschichte und Wirklichkeit des Vernichtungslagers, Hamburg 1982.

89 Vgl. zur Geschichte der Frauenabteilung im Stammlager Auschwitz Strebel 2003, S. 340ff.

90 Strebel 2003, S. 355.

91 Ebd.

92 Die ersten Ermordungen durch Zyklon B bereits im September 1941.

93 Anordnung Himmlers Anfang Oktober 1942, zitiert nach Strebel 2003, S. 353.

94 Strebel 2003, S. 347. Bei Wontor-Cichy, Teresa, Więzieni za wiarę. Swiadkowie Jehowy w KL Auschwitz, Oświęcim 2003 sind für dieses Datum 19 Zeuginnen Jehovas nachgewiesen (S. 53–66). Für 34 deutsche Zeuginnen Jehovas ist das Datum 2. Juli 1942 vermerkt (ebd.).

95 Geschichtsbericht Selma Klimaschewski, in: Geschichtsarchiv der Wachtturm-Gesellschaft.

96 Ebd., S. 5 und S. 6 des Geschichtsberichts: „Die drei Jahre in Auschwitz war ich fast immer allein, ohne mit Schwestern zusammen zu sein."

97 Strebel 2003, S. 343.

98 Ebd., S. 353. Wontor-Cichy, Teresa, Więzieni za wiarę. Swiadkowie Jehowy w KL Auschwitz, Oświęcim 2003 verzeichnet für dieses Datum lediglich zwei Namen, darunter Charlotte Tetzner (S. 59).

99 Langbein, Hermann, Menschen in Auschwitz, Wien 1987, S. 280.

100 Ebd. Bezeichnender Weise erwähnt Langbein die Zeugen Jehovas in seinem Kapitel über den Widerstand im KZ. Ähnlich äußerte er sich auch über Charlotte Tetzner, vgl. Garbe [3]1997, S. 443, Anm. 501. Die Auschwitz-Überlebende

Anna Pawelczynska berichtet, dass die Zeugen Jehovas „um ihres Glaubens willen - der mit Krieg und Gewalttätigkeit völlig unvereinbar war - passiven Widerstand" leisteten (in: Ordowski, Jürgen/Jan, Schneider, Jehovas Zeugen in Polen 1936-1945. Eine historiografische Bilanz, in: Kirchliche Zeitgeschichte 15 Jg., Heft 1/2002, S. 263–289, S. 275.)
Eine Studie über die Zeugen Jehovas in Auschwitz liegt bislang lediglich in Polnisch vor: Wontor-Cichy, Teresa, Więzieni za wiarę. Swiadkowie Jehowy w KL Auschwitz, Oświęcim 2003. Ein Aufsatz beschäftigt sich mit der Verfolgung der polnischen Zeugen Jehovas: Ordowski, Jürgen/Jan, Schneider, Jehovas Zeugen in Polen 1936-1945. Eine historiografische Bilanz, in: Kirchliche Zeitgeschichte 15. Jg., Heft 1/2002, S. 263–289, zur Gruppe der deutschen Zeugen Jehovas im KZ Auschwitz vgl. S. 274 f.

101 Wontor-Cichy 2003. Dort mehrere Listen. Vgl. die dort abgedruckten Dokumente auf den S. 93-103. Ordowski/Schneider geben 336 Zeugen jehovas an, von den 196 (= 54%) polnische Zeugen Jehovas waren, S. 280.

102 Ebd., S. 100f.

103 Langbein 1987, S. 427ff.

104 Klee, Ernst, Auschwitz, die NS-Medizin und ihre Opfer, Frankfurt [4]1997, S. 410f.

105 Ebd., S. 404f.

106 Ebd., S. 436ff.

107 Vgl. Strebel 2003, S. 258ff.

108 Newman, Richard (mit Karen Kirtley), Alma Rosé. Wien 1906-Auschwitz 1944, Bonn 2003, S. 285ff. Zur Rolle von Musik als Selbstbehauptung von Häftlingen in den KZ vgl. Fackler, Guido, „Des Lagers Stimme" - Musik im KZ. Alltag und Häftlingskultur in den Konzentrationslagern 1933 bis 1936 (mit einer Darstellung der weiteren Entwicklung bis 1945), Bremen 2000.

109 Zitiert nach Langbein 1987, S. 152f.

110 Newman 2003, S. 330.

111 Ebd., Widmung.

112 Ebd., S. 386.

113 Rahe, Thomas, Zeugen Jehovas im Konzentrationslager Bergen-Belsen, in: Hesse, Hans (Hg.), „Am mutigsten waren immer wieder die Zeugen Jehovas". Verfolgung und Widerstand der Zeugen Jehovas im Nationalsozialismus, Bremen ²2000, S. 121–133.

114 Ebd., S. 125.

115 Ebd., S. 126.

116 Die Namensliste des Transports ist abgedruckt in: Ebd., S. 129.

117 Vgl. Wagner, Jens-Christian, Die Produktion des Todes. Das KZ Mittelbau-Dora, Göttingen 2001. Derzeit wird die Gedenkstätte völlig umgestaltet und neu strukturiert. Vgl. hierzu ders., Lern- und Dokumentationszentrum Mittelbau-Dora. Die Neukonzeption der KZ-Gedenkstätte Mittelbau-Dora, Weimar-Buchenwald 2003.

118 Wagner 2001, S. 267.

119 Ebd., S. 285.

120 Diese Zahl schließt die hingerichteten Kriegsdienstverweigerer mit ein.

121 Hacke 2000, S. 26ff.

122 Ebd., S. 27.

123 Dirksen 2001, S. 856; Hacke 2000, S. 28.

124 Vgl. Fricke, Karl Wilhelm, Widerstand und Opposition in den vierziger und fünfziger Jahren, in: Eppelmann, Rainer/Faulenbach, Bernd/Mählert, Ulrich (Hg.), Bilanz und Perspektiven der DDR-Forschung, Paderborn 2003, S. 153–159; Hacke 2000, S. 100. Bislang nicht berücksichtigt wurde die Gleichzeitigkeit beginnender Verfolgungen in anderen kommunistischen Staaten. Vgl. Dirksen, Hans-Hermann, Eine doppelte europäische Diktaturerfahrung: Die Verfolgung der Zeugen Jehovas in Rumänien und Ungarn, in: Besier/Vollnhals (Hg). 2003, S. 327–357; Slupina, Wolfram, Jehovas Zeugen in Polen 1945–1989: die Verfolgungsgeschichte einer religiösen Minderheit in:

Kirchliche Zeitgeschichte 15 Jg., Heft 1/2002, S. 319–346; ders./Müller, Lubomir, Verfolgung und Unterdrückung der Zeugen Jehovas in der Tschechoslowakei, in: Kirchliche Zeitgeschichte 17 Jg., Heft 1/2004, S. 171–221; Ordowski, Jürgen/Jan, Schneider, Jehovas Zeugen in Polen 1936-1945, in: Kirchliche Zeitgeschichte 15 Jg., Heft 1/2002, S. 263–289.

125 Hacke 2000, S. 33.

126 Dirksen 2001, S. 279.

127 Vgl. Diagramm 3 bei Dirksen 2001, S. 868.

128 Ebd., S. 287.

129 Ebd., S. 338.

130 Hacke 2000, S. 40.

131 Zahlen bei Dirksen 2001, S. 866.

132 Ebd., S. 864.

133 Wrobel, Johannes, Zeugen Jehovas im Strafvollzug der DDR, in: Besier/Vollnhals (Hg.) 2003, S. 204. Ein erster Bericht über die Häftlingsgruppe der Zeugen Jehovas in einer einzelnen DDR-Strafvollzugsanstalt liegt für die Strafvollzugsanstalt Bützow-Dreibergen vor: Kaven, Ewald, „Denn einmal kommt der Tag, dann sind wir frei..." DDR-Strafvollzug in Bützow-Dreibergen (hgg. von Hans Hesse), Essen 2004.

134 Dirksen 2001, S. 866.

135 Ebd., S. 691.

136 Hacke 2000, S. 65.

137 Vgl. zur „CV" vor allem die Dissertation von Hirch 2003.

138 Hirch 2003, S. 197ff.

139 Hacke 2000, S. 74, insbesondere aber Hirch 2003, S. 363ff.

140 Hacke 2000, S. 93f.

141 Vgl. Dirksen 2001, S. 806ff.

142 Die entsprechenden Akten haben die Signaturen: Bundesbeauftragte für die Unterlagen des Staatssicherheitsdienstes der ehemaligen Deutschen Demokratischen Republik, Außenstelle Chemnitz: KD Hohenstein - E., 0726, Teil 1 und 2; ZMA Kul 712, Abt. XX, Tetzner, Heinz; Abt. VI ZMA 34509.

143 Bundesbeauftragte für die Unterlagen des Staatssicherheitsdienstes der ehemaligen Deutschen Demokratischen Republik, Außenstelle Chemnitz: KD Hohenstein - E., 0726, Teil 2.

144 Bundesbeauftragte für die Unterlagen des Staatssicherheitsdienstes der ehemaligen Deutschen Demokratischen Republik, Außenstelle Chemnitz: KD Hohenstein - E., 0726, Teil 1, Auszug aus dem Lagebericht der Volkspolizei vom 1. November 1963. Zu der Biografie Heinz Tetzners siehe den nachfolgenden Aufsatz von Elke Purpus.

145 Ebd.

146 Ebd., Schreiben vom 9. Dezember 1969.

147 Vgl. dazu ausführlicher den Aufsatz von Elke Purpus in diesem Band.

148 Bundesbeauftragte für die Unterlagen des Staatssicherheitsdienstes der ehemaligen Deutschen Demokratischen Republik, Außenstelle Chemnitz: KD Hohenstein - E., 0726, Teil 1, Ermittlungsbericht vom 5. Januar 1966, Bl. 1.

149 Ebd., Schreiben vom 9. Dezember 1969.

150 Bundesbeauftragte für die Unterlagen des Staatssicherheitsdienstes der ehemaligen Deutschen Demokratischen Republik, Außenstelle Chemnitz: KD Hohenstein - E., 0726, Teil 2, Karteikarteneintrag vom 29. Dezember 1969.

151 Bundesbeauftragte für die Unterlagen des Staatssicherheitsdienstes der ehemaligen Deutschen Demokratischen Republik, Außenstelle Chemnitz: KD Hohenstein - E., 0726, Teil 1, Ermittlungsbericht vom 5. Januar 1966, Bl. 2 und Bericht der Volkspolizei vom 20. Oktober 1964.

152 Bundesbeauftragte für die Unterlagen des Staatssicherheitsdienstes der ehemaligen Deutschen Demokratischen Republik, Außenstelle Chemnitz: KD Hohenstein - E., 0726, Teil 2, Schreiben der Bezirksverwaltung für Staatssicherheit vom 6. Dezember 1983.

153 Bundesbeauftragte für die Unterlagen des Staatssicherheitsdienstes der ehemaligen Deutschen Demokratischen Republik, Außenstelle Chemnitz: KD Hohenstein - E., 0726, Teil 1, Bericht der Volkspolizei vom 20. Oktober 1964.

154 Vgl. Heydemann, Günther/Schmiedchen-Ackermann, Detlef, Zur Theorie und Methodologie vergleichender Diktaturforschung, in: Günther Heydemann/Heinrich Oberreuter (Hg.), Diktaturen in Deutschland - Vergleichsaspekte. Strukturen, Institutionen und Verhaltensweisen, Bonn 2003, S. 9-54, S. 9. S. a. Jesse, Eckhard (Hg.), Totalitarismus im 20. Jahrhundert. Eine Bilanz der internationalen Forschung, Bonn ²1999; Wippermann, Wolfgang, Totalitarismustheorien. Die Entwicklung der Diskussion von den Anfängen bis heute, Darmstadt 1997.

155 Yonan, Gabriele, Jehovas Zeugen. Opfer unter zwei deutschen Diktaturen. 1933-1945, 1949-1989, Berlin 1999. 1998 wurden zwar erstmals zwei Aufsätze über die DDR-Verfolgung der Zeugen Jehovas in einem Sammelband zur NS-Verfolgungsgeschichte der Religionsgemeinschaft veröffentlicht, da sie aber keine inhaltliche Verknüpfung zur NS-Zeit aufwiesen, sondern zunächst das damals noch sehr junge Forschungsfeld zur DDR-Geschichte absteckten, werden sie nicht zu den Vorläufern gezählt (vgl. Dirksen, Hans-Hermann, Die Zeugen Jehovas in der DDR; Westphal, Göran, Die Verfolgung der Zeugen Jehovas in Weimar von 1945-1990, in: Hans Hesse (Hg.), „Am mutigsten waren immer wieder die Zeugen Jehovas". Verfolgung und Widerstand der Zeugen Jehovas im Nationalsozialismus, Bremen 1998, ²2000, S. 256-276, S. 277-301.

156 Yonan 1999, S. 9.

157 Ebd.

158 Yonan, Gabriele (Hg.), Im Visier der Stasi. Jehovas Zeugen in der DDR, Niedersteinbach 2000, vgl. die Einleitung S. 9f.

159 Vgl. die drei Bände von Maier, Hans, Totalitarismus und Politische Religionen. Konzepte des Diktaturvergleichs, 3 Bände, Paderborn 1996/97, 2003. Ders., „Totalitarismus" und „Politische Religionen". Konzepte des Diktaturvergleichs, in: Jesse (Hg.) ²1999, S. 118-134.

160 Yonan (Hg.) 2000, S. 10.

161 Hacke 2000, S. 109.

162 Ebd., S. 108.

163 Hacke, Gerald, Zwei Diktaturen - ein Feind. Die Verfolgung der Zeugen Jehovas im nationalsozialistischen Deutschland und in der DDR, in: Heydemann/Oberreuther (Hg.) 2003, S. 283-308, S. 284.

164 Ebd., S. 299.

165 Ebd., S. 302f.

166 Besier/Vollnhals (Hg.) 2003.

167 Slupina 2003, S. 277.

168 Ebd., S. 277f.

169 Hesse, Hans, „Die Ausschaltung der Angeklagten aus der Gesellschaft ist wegen ihrer besonderen Gesellschaftsgefährlichkeit notwendig". Zur Geschichte der Verfolgung und des Widerstandes der Zeuginnen Jehovas in der DDR, in: Besier/Vollnhals (Hg.) 2003, S. 229-243, S. 241ff.

170 Leo, Annette, Konzentrationslager Sachsenhausen und Speziallager Nr. 7, in: Heydemann/Oberreuther (Hg.) 2003, S. 249-282, S. 275.

171 Vgl. Wrobel, Johannes, Kurzchronik zur Verfolgung der Zeugen Jehovas in Osteuropa und der Sowjetunion nach 1945, in: Besier/Vollnhals (Hg.) 2003, S. 384-395 und den Beitrag von Dirksen, Hans-Hermann, Eine doppelte europäische Diktaturerfahrung: Die Verfolgung der Zeugen Jehovas in Rumänien und Ungarn, in: ebd., S. 327-357.

172 Hierbei handelt es sich um eine Entlehnung aus der Diskussion um den NS-Widerstand. Vgl. Steinbach, Peter, Der 20. Juli 1944 - mehr als ein Tag der Besinnung und Verpflichtung, in: Aus Po-

litik und Zeitgeschichte, B 27/2004, S. 5-10, S. 6. In diesem Beitrag werden nochmals sehr anschaulich die Diskussionen und die Instrumentalisierungen des NS-Widerstandsbegriffs seit den fünfziger Jahren nachgezeichnet. Vgl. aktuell in Bezug auf die Historiografie zur DDR: Kubina, Michael, Widerstand als historisches Phänomen. Ein Schlüsselbegriff und seine Schwierigkeiten, in: Zeitschrift des Forschungsverbundes SED-Staat, Nr. 15/2004, S. 73-92.

173 Ebd., S. 8.

174 Ebd., S. 9.

175 Garbe ³1997, S. 538.

176 Ebd., S. 540.

177 Zitiert nach ebd., S. 540.

178 Ebd.

179 Ebd., S. 542.

180 Besier, Gerhard/Vollnhals, Clemens, Einleitung, in: Besier/Vollnhals (Hg.) 2003, S. 1-7, S. 7.

181 Aktuell: von Moltke, Freya, Die Verteidigung europäischer Menschlichkeit, in: Aus Politik und Zeitgeschichte B 27/2004, S. 3-4, S. 3. Vgl. a. aktuell Garbe, Detlef, Widerstehen aus religiösen Gemeinschaften, in: Steinbach, Peter/Tuchel, Johannes (Hg.), Widerstand gegen die nationalsozialistische Diktatur 1933-1945, Bonn 2004, S. 148-166, zu den Zeugen Jehovas S. 151-158. Hier spricht er in partieller Abgrenzung zu seiner Dissertation vom „Widerstand" der Zeugen Jehovas, ohne diesen Begriff weiter aufzufächern. Zum Widerstand zählt er auch den Widerstand gegen das Verbot (S. 158). Wolfgang Benz zählt die Zeugen Jehovas zum Widerstand (vgl. Benz, Wolfgang, Deutscher Widerstand 1933-1945, in: Informationen zur politischen Bildung 243, Bonn 2004, S. 21. Für ihn engagierten sich die Zeugen Jehovas u.a. durch Flugblattaktionen „über die Verteidigung ihrer Interessen hinaus gegen das Unrechtsregime").

Auch Wolfgang Wippermann zählt sie zum Widerstand, gibt aber zu bedenken, dass „das Martyrium der Zeugen Jehovas weder für den Kirchenkampf noch für den Widerstand ‚vereinnahmt‘, sondern um seiner selbst willen geachtet werden" sollte (Wippermann, Wolfgang, Umstrittene Vergangenheit. Fakten und Kontroversen zum Nationalsozialismus, Berlin 1998, S. 257-261, S. 261).

182 Leichsenring, Jana (Hg.), Frauen und Widerstand. Schriftenreihe der Forschungsgemeinschaft 20. Juli 1944 e.V., Bd. 1, Münster 2003 (Die Tagung selber fand jedoch bereits 2001 statt). Einmal abgesehen von einer Miterwähnung bei der Aufzählung der Häftlingsgruppen des Frauenkonzentrationslagers Ravensbrück.
Insbesondere beim Thema „Widerstand und Frauen" ist zu konstatieren, dass der Widerstand der Zeuginnen Jehovas nicht erwähnt wird, so dass hier noch erhebliche Defizite zu verzeichnen sind. Aktuell: Fröhlich, Claudia, Widerstand von Frauen, in: Steinbach/Tuchel (Hg.) 2004, S. 249-265; in einer Ausstellung über „Christliche Frauen im Widerstehen gegen den Nationalsozialismus. Häftlinge im Frauen-KZ Ravensbrück 1939 bis 1945", Begleitbroschüre, Berlin 1999, werden die Zeugen Jehovas ebenfalls nicht erwähnt.
Zum Widerstand von Zeuginnen Jehovas vgl. Hesse/Harder 2001.

183 Stoltzfus, Nathan, Der „Versuch, in der Wahrheit zu leben" und die Rettung von jüdischen Angehörigen durch deutsche Frauen im „Dritten Reich", in: Leichsenring (Hg.) 2003, S. 74-88, S. 87.

184 Fröhlich 2004, S. 260. Vgl. auch die dortige Wiedergabe der Diskussion um die Frage des Widerstandes der Frauen der Rosenstraße. Vgl. a. Benz 2004, S. 25, der in diesem Verhalten einen Beweis dafür sieht, „welch mutige Form von offenem Widerstand möglich war."

185 In Anlehnung und im Vorgriff auf die Diskussion zum Verhalten in der DDR: vgl. Neubert, Ehrhart, Geschichte der Opposition in der DDR 1949-1989, Bonn ²2000, S. 74. Dort jedoch bezogen auf das Verhalten der Kirchen.
Ähnlich auch Benz 2004, „Selbstbehauptung und Gegenwehr von Verfolgten", S. 37-39.

186 Im Zusammenhang mit den Zeugen Jehovas sei z.B. auf Hermann Langbein verwiesen, der diese Häftlingsgruppe in einem Kapitel über den Widerstand in Auschwitz erwähnte, in: Langbein, Hermann, Menschen in Auschwitz, Wien 1987, S. 279f.
Der aktuelle Band von Steinbach/Tuchel 2004 zählt diesen Widerstand nicht gesondert auf. In dem Beitrag von Drobisch, Klaus/Botsch, Gideon, Der Widerstand und die nationalsozialistischen Gewaltverbrechen, in: Ebd., S. 206-225 wird nur am Rande darauf eingegangen (z.B. S. 208).

187 Maser, Peter, Zeugen Jehovas, in: Lexikon Opposition und Widerstand in der SED-Diktatur. Hg. von Hans-Joachim Veen, Peter Eisenfeld, Hans Michael Kloth, Hubertus Knabe, Peter Maser, Ehrhart Neubert, Manfred Wilke, Berlin/München 2000, S. 378-380.

188 Eckert, Rainer, Widerstand und Opposition in der DDR. Siebzehn Thesen, in: Zeitschrift für Geschichtswissenschaft, 1996, H. 1, S. 49-67, S. 55.

189 Dirksen 2001, S. 859, 860 und 862.

190 Besier/Vollnhals (Hg.) 2003; Hacke 2000.

191 Hacke 2000, S. 106.

192 Ebd.

193 Ebd., S. 107.

194 Ebd. Vgl. a. Schmidt, Robert, Religiöse Selbstbehauptung und staatliche Repression. Eine Untersuchung über das religiös-vermittelte, alltägliche und konspirative Handeln der Zeugen Jehovas unter den Bedingungen von Verbot und Verfolgung in der SBZ/DDR 1945-1989,

Berlin 2003. Keine Erwähnung bei Neubert, Ehrhart, Geschichte der Opposition in der DDR 1949-1989, Bonn ²2000, ders., Opposition und Widerstand in der DDR, in: Kaminsky, Annette (Hg.), Orte des Erinnerns. Gedenkzeichen, Gedenkstätten und Museen zur Diktatur in SBZ und DDR, Bonn 2004, S. 512-517 und Eppelmann, Rainer/Faulenbach, Bernd/Mählert, Ulrich (Hg.), Bilanz der Perspektien der DDR-Forschung, Paderborn 2003.

195 Hierfür liegen keine genauen Untersuchungszahlen vor. In Bezug auf 104 sowohl in der NS- als auch in der DDR-Zeit verfolgte Zeuginnen Jehovas konnte jedoch konstatiert werden, dass ca. 20% von ihnen unmittelbar nach der Haftentlassung die DDR verließen. Vgl. Hesse, Hans, „Die Ausschaltung der Angeklagten aus der Gesellschaft ist wegen ihrer besonderen Gesellschaftsgefährlichkeit notwendig". Zur Geschichte der Verfolgung und des Widerstandes der Zeuginnen Jehovas in der DDR, in: Besier/Vollnhals (Hg.) 2003, S. 229-243, S. 231.

196 Vgl. Diagramm 1 bei Dirksen 2001, S. 865.

197 Vgl. Hacke 2000, S. 82ff. Über Kinder und Jugendliche aus Zeugen Jehovas Familien vgl. Dirksen, Annegret/Dirksen, Hans-Hermann, Die Kinder der Zeugen Jehovas - Staatliche Ausgrenzung und soziale Repression, in: Weber, Jürgen/Vollnhals, Clemens, Der Schein der Normalität - Herrschaft und Alltag in der SED-Diktatur. Analysen und Erfahrungen, München 2001, S. 218-286; Dirksen, Annegret/Wrobel, Johannes, „Im Weigerungsfall können diese Jugendlichen kein Lehrverhältnis aufnehmen ..." Jehovas Zeugen in der DDR - Repressionen in Schule, Ausbildung und Beruf, in: Yonan (Hg.) 2000, S. 231-263.

198 Vgl. Schmidt 2003, S. 148, 118. Diese nicht ganz leicht zu lesende Studie beschreibt ausführlich und anhand von

105

Beispielen diesen Widerstandsalltag der Zeugen Jehovas in der DDR.

199 Steinbach, Peter, Der 20. Juli 1944 – mehr als ein Tag der Besinnung und Verpflichtung, in: Aus Politik und Zeitgeschichte B 27/2004, S. 5–10, S. 10.

Anmerkungen zu:
„Verwelkte Rosen gibt es in der DDR nicht" – Zur Einführung in Heinz Tetzners grafisches Werk

1 Brebeck, Wulff E./Genger, Angela/Vilmar-Krause, Dietfried/Lutz, Thomas/Richter, Gunnar, Über-Lebens-Mittel. Kunst aus Konzentrationslagern und in Gedenkstätten für Opfer des Nationalsozialismus, Marburg 1992. Das Zitat aus der Einleitung von Thomas Lutz, S. 8.
Ende Mai 2004 widmete sich das jährliche bundesweite Gedenkstättenseminar in der KZ-Gedenkstätte Dachau der Thematik unter dem Titel: Spuren des Überlebens. Dokumente der Erinnerung. Kunst, Künstler und politische Bildung in Gedenkstätten für NS-Opfer.

2 Zur Definition „Lagerkunst" vgl. ebd., S. 8f.

3 Ebd., S. 8.

4 Schroeder, Klaus, Vorbemerkung – Kunst und Künstler im (spät-)totalitären Sozialismus, in: Offner, Hannelore/Schroeder, Klaus (Hg.), Eingegrenzt–Ausgegrenzt. Bildende Kunst und Parteiherrschaft in der DDR 1961–1989, Berlin 2000, S. 12.

5 Literatur zu Heinz Tetzner: Hebecker, Klaus/Kühne, Susanne (Hg.), Heinz Tetzner, Erfurt 1999; Heinz Tetzner, Zeichnungen und Lithographien. Kulturraum Zwickauer Raum in Zusammenarbeit mit dem Kunstverein der Stadt Glauchau „art gluchow" e.V (Hg.) 2000; Heinz Tetzner. Aquarelle aus den Jahren 1946 bis 2001. Hrsg. von der Neuen Sächsischen Galerie, Chemnitz 2002; Heinz Tetzner, Malerei-Grafik, Ausstellung zum 75. Geburtstag, Neue Sächsische Galerie 1995; Heinz Tetzner – Werkverzeichnis 1940 bis 1987, hgg. vom Bezirkskunstzentrum Chemnitz 1990; Zimmermann, Rainer, Heinz Tetzner – Malerei und Grafik, Delmenhorst 1984; Heinz Tetzner – Buchbildband, hgg. durch die Galerie 89, München 1991; Lang, Lothar, Malerei und Grafik in Ostdeutschland, Leipzig 2002, S. 162, der ihn zu den „tüchtigen Kräften" zählt und ihn despektierlich als „verspäteten Expressionisten" bezeichnet.

6 Die hier geschriebenen Aussagen Tetzner beruhen, soweit nicht anders angegeben, auf einem Gespräch der Autorin mit dem Künstler im April 2004 in Gersdorf.

7 Gayk, Ina, Heinz Tetzner – Zeichnungen und Lithographien, in: Heinz Tetzner, Zeichnungen und Lithographien. Kulturraum Zwickauer Raum in Zusammenarbeit mit dem Kunstverein der Stadt Glauchau „art gluchow" e.V (Hrsg.) 2000, S. 17.

8 Gayk 2000, S. 14, Anm. 2.

9 Zur Kunst in der DDR nach 1945 vgl. Damus, Martin; Malerei in der DDR, Funktionen der Kunst im Sozialen Realismus, Hamburg 1991; Feist, Günter, Kunstkombinat DDR. Daten und Zitate zur Kunst und Kunstpolitik der DDR 1945–1990, Berlin 1990; ders./Gillen, Eckhart/Vierneisel, Beatrice (Hg.), Kunstdokumentation SBZ/DDR. Aufsätze–Berichte–Materialien, Köln 1996; Gillen, Eckhart (Hg.), Deutschlandbilder. Kunst aus einem geteilten Land, Köln 1997; ders./Haarmann, Reiner (Hg.), Kunst in der DDR, Köln 1990; Goeschen, Ulrike, Vom sozialistischen Realismus zur Kunst im Sozialismus. Die Rezeption der Moderne in Kunst und Kunstwissenschaft der DDR, Berlin 2001; Kaiser, Paul/Rehberg, Karl-Siegbert (Hg.), Enge und Vielfalt. Auftragskunst und Kunstförderung in der DDR, Hamburg 1999; Hoormann, Anne, Von der Bauhausidee zur Formalismusdebatte, in: Bothe, Rolf/Föhl, Thomas (Hrsg.), Aufstieg und Fall der Moderne, Ausstellungskatalog, Weimar 1999; Klopf-

zeichen. Kunst und Kultur der 80er Jahre in Deutschland. Begleitbuch zur Doppelausstellung Mauersprünge und Wahnzimmer. Hrsg. Im Auftrag der Bundeszentrale für politische Bildung von Lindner, Bernd/Eckert, Rainer, Leipzig 2002; Lang, Lothar, Malerei und Grafik in Ostdeutschland, Leipzig 2002; Lindner, Bernd, Verstellter, offener Blick. Eine Rezeptionsgeschichte bildender Kunst im Osten Deutschlands 1945-1995, Köln 1998; Niederhofer, Ulrike, Die Auseinandersetzung mit dem Expressionismus in der bildenden Kunst im Wandel der politischen Realität der SBZ und der DDR 1945-1989, Europäische Hochschulschriften 28, Kunstgeschichte 277, Frankfurt a. M. 1996; Offner, Hannelore/Schroeder, Klaus (Hg.), Eingegrenzt – Ausgegrenzt. Bildende Kunst und Parteiherrschaft in der DDR 1961-1989, Berlin 200; Thomas, Karin, Die Malerei in der DDR 1949-1979, Köln 1980; dies., Kunst in Deutschland seit 1945, Köln 2002; dies., Zweimal deutsche Kunst nach 1945. 40 Jahre Nähe und Ferne, Köln 1985.

10 Vgl. hierzu den Text von Charlotte Tetzner in diesem Buch.

11 Expressiver Realismus, Maler der verschollenen Generation, Wanderausstellung 1993/1994, Berlin 1993; Zimmermann, Rainer, Expressiver Realismus, Malerei der verschollenen Generation, München 1994 (früher: Zimmermann, Die Kunst der verschollenen Generation).

12 Zitiert aus dem Antwortschreiben vom 13. November 1954 des Verbandes Bildender Künstler Deutschland (DDR, d. A.)auf Heinz Tetzners Antrag auf Mitgliedschaft.

13 Gayk 2000, S. 20.

14 Der Brief Otto Herbigs vom 25. November 1954 an die Zentralleitung des Verbandes bildender Künstler Deutschlands ist abgedruckt in: Hebecker, Klaus/Kühne, Susanne (Hrsg.), Heinz Tetzner, Erfurt: Bilderhaus Krämerbrücke 1999, S. 118f.

15 Löffler, Fritz, Ein Dienst für die Kunst. Zum Tode von Heinrich Kühl, Gedenk-

ausstellung für Heinrich Kühl 14.3.1886–16.12.1965 aus Anlass des 80. Geburtstages, Dresden 1966; Nüske, Peter, 65 Jahre Galerie Kühl in Dresden, in: Bildende Kunst, Zeitschrift für Malerei, Plastik, Grafik, Kunsthandwerk und Volkskunst, hrsg. v. Verband Bildender Künstler Deutschlands (DDR) 9, 1989, S. 7.

16 Joachim Uhlitzsch, Über die Mittelsächsische Kunstausstellung, Wo stehen unsere bildenden Künstler?, in: Volksstimme vom 16. Dezember 1957.

17 Vgl. Schwenger, Hannes, ABC der Ausgrenzung, in: Offner/Schroeder 2000, S. 695–700, S. 695, 696.

18 Die Antwort Tetzners ist abgedruckt in: Hebecker/Kühne (Hg.) 1999, S. 121.

19 Vgl. ausführlicher in dem Aufsatz von Hans Hesse.

20 Gayk 2000, S. 21.

21 Vgl. hierzu die Wiedergabe des Forschungsstandes im Aufsatz von Hans Hesse.

Anmerkungen zu: Die Bilderfolge

1 Zitat: Gayk, Ina, Heinz Tetzner, Holzschnitte, in: Hebecker, Klaus/Kühne, Susanne (Hg.), Heinz Tetzner, Erfurt 1999, S. 91.

2 In verschiedenen anderen Publikationen ist dieser Druck als „Bettler" bezeichnet und wird auch auf die BRD bezogen. Heinz Tetzner war vor 1985 aber nicht in der BRD, dass er dort entsprechende „Bettler" hätte sehen können. Wahrscheinlich durch die Annahme, dass Tetzner schon früher in die BRD reisen durfte, ist die Assoziation mit der BRD und durch die expressive Geste der Titel „Bettler" entstanden. Vgl. Gayk 1999, S. 92. Heinz Tetzner, Werkverzeichnis 1940 bis 1987, hrsg. vom Bezirkskunstzentrum Karl-Marx-Stadt/Chemnitz, 1990, S. 10 und 71.

Angaben zu Hans Hesse und Elke Purpus

Hans Hesse

geb. 1961, M.A., Cand. phil. (Thema: Die Entnazifizierung in Bremen und Bremerhaven), Historiker. *Forschungsschwerpunkte* sind die NS-Verfolgung der Sinti und Roma, der Zeugen Jehovas (NS- und DDR-Zeit), die Geschichte der Konzentrationslager und Vergangenheitspolitik.

Veröffentlichungen (Auswahl): Das Frauen-KZ Moringen 1933–1938, Hürth ²2002; Das frühe KZ Moringen (April–November 1933), Moringen 2003; zusammen mit Jens Schreiber, Vom Schlachthof nach Auschwitz. Die NS-Verfolgung der Sinti und Roma aus Bremen, Bremerhaven und Nordwestdeutschland, Marburg 1999; Augen aus Auschwitz. Ein Lehrstück über nationalsozialistischen Rassenwahn und medizinische Forschungen. Der Fall Dr. Karin Magnussen, Essen 2001; zusammen mit Jürgen Harder, „Und wenn ich lebenslang in einem KZ bleiben müsste ...“ Die Zeuginnen Jehovas in den Frauenkonzentrationslagern Moringen, Lichtenburg und Ravensbrück, Essen 2001; (Hg.), Ewald Kaven, „Denn einmal kommt der Tag, dann sind wir frei ...“ DDR-Strafvollzug in Bützow-Dreibergen, Essen 2004.

Internet: www.hans-hesse.de

Elke Purpus

geb. 1961, Dr. phil., Kunsthistorikerin, stellvertretende Direktorin der Kunst- und Museumsbibliothek der Stadt Köln (der größten Bibliothek zur Modernen Kunst in Deutschland). *Forschungsschwerpunkte* sind neben bibliotheksspezifischen Themen (Redaktionsmitglied der Verbandszeitschrift des Arbeitsgemeinschaft der Kunst- und Museumsbibliotheken (AKMB) „AKMB-news“) kunsthistorische Themen der Modernen Kunst des 20./21. Jahrhunderts wie Buchobjekte und Künstlerbücher.

Veröffentlichungen (Auswahl): Die Blockbücher der Apokalypse, Marburg 1999; zusammen mit Elmar Mittler und Georg Schwedt (Hg.), „Der gute Kopf leuchtet überall hervor“. Goethe, Göttingen und die Wissenschaft, Göttingen 1999; „... in der Gegenwart eines großen Capitals, das geräuschlos unberechenbare Zinsen spendet“. Zur Geschichte der Kunst- und Museumsbibliothek der Stadt Köln, in: Kölner Museums-Bulletin. Berichte und Forschungen aus den Museen der Stadt Köln, 2/2004.

Internet: www.museenkoeln.de/kmb/